JN088344

あにだん

ライオン王のハビービー

CROSS NOVELS

浅見茉莉

NOVEL:Mari Asami

みずかねりょう

ILLUST:Ryou Mizukane

CONTENTS

CROSS NOVELS

CONTENTS

ライオン王のハビービー
A N I D A N
Presented by Mari Asami with Ryou Mizukane

浜谷鷹志がドバイからファクル王国に入ったのは昨日のことだ。

ファクル王国はアラブ首長国連邦に隣接し、ペルシャ湾と砂漠地帯に挟まれた、どことなく懐かしい感じがする風光明媚な地だった。

世界に名だたる観光都市となったドバイを通過してきたから、なおさらそう思うのかもしれない。主にセレブを対象としているドバイは、宿泊場所ひとつとっても、しがないバックパッカーの鷹志には苦労することばかりだったので、ざっと見どころを流すだけでマウンテンバイクを漕ぎ続けた。

ファクルも石油と天然ガスに恵まれた裕福な国だということだが、首都のダハブは高層ビルよりも、優雅なドームを持つモスクなどの古い建物が目立つ。また、複数のオアシス地帯を有し、肥沃な土壌を生かして広大な果樹園や農場が広がっていた。

鷹志は昨年大学を卒業したが就職せず、学生時代にアルバイトをして貯めた資金で、世界を愛車のMTBで回っている。今もってその理由はわからないのだが、どこかで呼ばれているような気がして、いてもたってもいられない焦燥感に見舞われた末のことだ。昨年は数か月かけてアメリカ各地を訪れ、一度帰国して追加の資金を調達してから、今回はアラビア半島に飛んだ。UAEを皮切りに、可能な限り各国を回るつもりだ。

日本にいれば平均以上の身長で、顔つきも年相応に男っぽいつもりでいたが、国外ではとかく幼く見られがちで、しかも自転車に乗っていたりすると、免許取得前の年齢だと思われて呼び止められることもよくあった。初めはそのたびに四苦八苦で説明していたものだが、最近は対応にも慣れて、我ながらずいぶんと頼もしくなった。度胸がついて、ちょっと図々しくなってきたかもしれない。

……ま、いいんだよな、このくらいで。言いたいことも言わずにへらへらしてたら、海外じゃ舐(な)められるだけだ。

特別英語が得意なわけでもないけれど、文法や単語を気にするよりも、まずはしたいことや思うことを伝えるのが大事なのは、旅を通じて身に染みたことのひとつだ。

二十メートルほどの高さのナツメヤシが乱立する間の未舗装路を進んでいると、たわわに実をつけた木がいくつもあって、鷹志は思わず自転車を停めて見入った。

ざわざわと風に揺れる葉の下に、束になった実がぶら下がっている。鮮やかなオレンジ色やグリーン、朱色など、まるで巨大なブドウのようだ。

国外では土産物としてドライフルーツになったデーツが主流だが、生産地である中東では生を味わうこともできる。果肉が硬いうちはリンゴのような触感で、ほんのり甘いが渋みも強い。熟すと柿のようにトロリと柔らかく甘みも増す。かく言う鷹志も食したのは一度だけだけれど、日本人の口に合うと思う。

ここのナツメヤシは、実が落ちないようにネットをかけたものが多かった。食べごろになったときには、ぼろぼろと落ちてしまうからだろう。果実の常として、落下すると売り物になりにくい。

ふと、少し離れた場所の木が大きく揺れているのに気づいた。風にしては、他と比べて激しい。まるで人為的に揺らしているような——と思ったところで、ナツメヤシの実の塊に見えたものに手足を発見して、鷹志は声を上げる。

サルだ！　こんなところにサルがいるのか。ていうか、デカくね？　ていうか……あれ、マントヒヒ……？

山岳地帯には野生のマントヒヒがいると小耳に挟んだけれど、まさかこんなところにまで進出しているのか。ダハブの中心からせいぜい十数キロで、ちょっと走れば民家だって点在している。

そりゃあここはだだっ広い畑だけど……。

あまりにも図々しすぎはしないか。いや、鷹志に言われたくはないかもしれないが、と思っていると、マントヒヒはネットを破ってナツメヤシの実を撒き散らした。キキーッと鳴き声がして、ネット破りの個体よりもひと回り小さい数頭が、落ちた実を次々と口に運ぶ。

鷹志は感心するやら呆れるやらで、首から下げていたカメラを構えた。ＭＴＢと同じく、このデジタル一眼も鷹志の旅の相棒だ。もちろん思い出は心に刻むようにしているけれど、言葉ではむずかしいありのままを伝えるときには、大いに役立つ。

鷹志がシャッターを切ると、どういうわけかフラッシュが光った。

「えっ？　あ……」

まずいと思ったときには、樹上のマントヒヒと目が合ってしまった。次の瞬間、マントヒヒは木から木へ飛び移る見事な跳躍を見せながら、鷹志のほうへ向かってきた。

「うわあああっ！　言わない！　デーツ泥棒なんかで通報しないから！」

思わず日本語で叫んだけれど、何語でも相手に通じるはずもなく、あれよあれよという間に距離が縮まる。慌ててＭＴＢを走らせるが、恐怖のあまり何度もペダルを踏み外した。

「ぎゃあっ！」

ものすごい勢いで、頭に巻いていたクーフィーヤを毟り取られた。

アラブの民族衣装は、クーフィーヤという頭布をイガールという輪っかで留めるのだが、鷹志はふだん着のまま、海賊のようにクーフィーヤを頭に巻きつけていた。日除けとして頭布は重宝するが、自転車で走り回るには、ヒラヒラしないほうが安全なのだ。

クーフィーヤに手が届いたということは、まさか――。

しかし荷台に重みは加わっていないと安堵したのもつかの間、重い衝撃に襲われた。

「わあああっ！」

砂煙を上げてＭＴＢごと転倒する。地面に投げ出された鷹志のリュックが思いきり引っ張られ、肩が外れそうな痛みに悲鳴を上げた。しかしマントヒヒは容赦なくリュックを強奪する。

「だめだ、それは――」

手を伸ばして言いかけた鷹志を、マントヒヒは牙を剝いて威嚇した。

パスポートや財布といった貴重品はウエストポーチにまとめてあるが、リュックの中身だって必需品だ。そもそも厳選した最小限の荷物なのだから、どれひとつとして不要なものはない。

マントヒヒのサイズは三歳児程度だが、その身体的ポテンシャルは計り知れない。身軽さは言うに及ばず、おそらく力だって相当なものだろう。たしかチンパンジーの握力は、三百キロと聞いたことがある。

……や、ヤバい……。

マントヒヒは鷹志をじっと睨みつけている。野生動物と目を合わせてはいけないと知っていても、鷹志もまた目を逸らせない。その瞬間に飛びかかられそうで。

緊張の糸が張り詰めた中、ふいに他のマントヒヒがキキッと叫んだ。一斉にマントヒヒが顔を動かしたので、つられるように鷹志もそちらを見る。

ナツメヤシの木々の間に、ライオンがいた。

……うっそだろ……マントヒヒの次はライオンかよ！

てっきり果樹園かと思っていたが、知らずにサファリパークにでも迷い込んでしまったのだろうか。それともここはアフリカか。

マントヒヒがこんな場所に現れることだって珍しいけれど、野生のライオンが中東に生息しているなんて聞いたことがない。

ハ、ハリボテとか……？　カカシ的な……。

それにしては圧倒的にリアルだ。いや、動物園でだって、そんなにじっくり見たことはないけれど。その距離、わずかに数十メートル。脅威が影響しているとしても、鷹志が認識していたライオンよりふた回りくらい大きい気がする。日を浴びた豊かな金色のタテガミが、風に揺れてキラキラと輝いている。

きれい……なんて言ってる場合じゃない、けど……。

百獣の王の名に違わず、絶対的な存在感で、力強さと美しさを示していた。

鷹志とマントヒヒの視線を浴びながら、初めてライオンが一歩を踏み出した。とたんにマントヒヒたちは警戒の叫びを上げてダッシュし、鷹志のリュックやＭＴＢから落ちたものを掴んだまま逃げる。

ライオンは太い声で短く吼（ほ）えると、マントヒヒを追って走り出した。ライオンに俊足のイメージはなかったけれど、そこはそれネコ科の大型肉食獣で、見惚（みほ）れるようなスパートだった。収穫物よりも安全を優先したのか、マントヒヒたちは荷物を投げ捨てて散っていった。

その間、鷹志はといえば、ＭＴＢの傍（かたわ）らに座り込んで、呆然（ぼうぜん）と成り行きを見守っていたのだが、追跡を諦めたらしいライオンが立ち止まって振り返ったのに気づいて震え上がった。しかもライオンは、こちらに向かってゆっくりと歩いてくる。

……つ、詰んだ……。

ライオンにしてみれば、すばしっこいマントヒヒを追うよりも、鷹志のほうがよほど楽に狩れると踏んだのだろう。

ああ、神さま仏さま……！　ここはアラーの神か？　なんでもいい！　いや、神さまでも無理か……。

願わくはひと思いに始末してくれますようにと、祈るしかない。一歩一歩近づいてくるライオンは驚愕（きょうがく）の巨体で、そして命の瀬戸際だというのにやはり美しく見えて、野生動物と目を合わせてはいけないという先達（せんだつ）の教えを、またしても無視していた。そんなタイミングはとうに過ぎていたとも言える。

数メートルの距離を残して、ライオンはおもむろに立ち止まった。さすがに身構えた鷹志に対して、ふいに興味を失ったかのようにそっぽを向き、ナツメヤシの林の中に足を向ける。

……え……？

下生えや抜け落ちたヤシの葉を踏みしめ、ライオンの後ろ姿が遠ざかっていく。

なぜだ。ライオンにしてみれば、絶好のチャンスだったはずだ。腹が減ってなかったのだろうか。それとも、鷹志は美味（うま）そうに見えなかったとか？

疑問は山ほどあったが、ナツメヤシの葉陰から差し込む陽光に、金色のタテガミがきらめくのを見て、鷹志は我知らず首から下げたカメラを構えた。ファインダーに映るライオンは、実物の何分の一もその魅力を伝えてこなかったけれど、二度三度とシャッターを切る。

こんもりと繁った生垣の向こうにライオンの姿が消え、鷹志はカメラを下ろして深く息をついた。

静かだった。ナツメヤシの葉が風に揺れる音だけが、辺りを包んでいる。ほんのいっとき前、命の危機に襲われたとは思えない。まるで白日夢でも見ていたのかと思うほど平和な光景に、鷹志は呆然としながら立ち上った。

でも……夢じゃない。

カメラの画像を再生すると、ナツメヤシの間を悠然と歩くライオンの姿があった。

マントヒヒに放り出された荷物を拾い集め、ＭＴＢのコンディションをチェックしてから、鷹志はファクル王国第二の都市であるアティークに向かった。

安宿に泊まった翌朝、街中のオープンカフェで朝食を取りながら、デジタル一眼の画像データを見返す。

それにしてもでかいライオンだったな。ていうか、ライオンってあんなにタテガミがわさわさしてたっけ？

スマートフォンを片手に、ライオンの画像検索をして確かめる。鷹志が出会ったライオンと比べると、明らかに貧相に見えた。

まあ、アフリカゾウとインドゾウみたいに、ライオンも種類があって大きさも違うのかもしれないな。

　鷹志の動物に関する知識なんて、その程度だ。

　しかし問題はそこではなく、ライオンがナツメヤシの畑にいたということだ。本場のアフリカだって、街中にライオンはいない。野生であっても、多くは保護区に収容されている。ましてや中東では、いるにはいるらしいがほぼ絶滅状態だという話だ。

　……てことは、野生じゃなかった？

　マントヒヒを追いかけるだけで、鷹志に食指(しょくし)を動かさなかったところからしても、飼育動物と考えられはしないか。じゃれるネコ的な。

　アラブ諸国といえば、オイルダラーその他で信じられないような金持ちが存在する地域だ。ヒョウに首輪を着けて飼い、一緒に車に乗っている民族衣装の男のネット画像など有名だろう。ヒョウがいるなら、ライオンのペットがいてもなんの不思議もない。

　あるいはサファリパークや動物園の個体が逃げ出したのか。単独でいたのだ。いずれにしても大問題だ。

「コーヒーのお代わりはいかがですか？」

　白いシャツに黒いソムリエエプロンを身に着けたウエイターに声をかけられ、鷹志は顔を上げた。アラブ系ではなく、欧州系のようだ。ＵＡＥやファクル王国は外国人労働者が多い。

「ああ、もらうよ。ありがとう」

互いに英語がぎこちない。

「どこから？　中国？」

「いや、日本」

「日本！　アニメが好きです。エンデミリオン最高！」

アニメに詳しくない鷹志は愛想笑いで頷いてから、ふと思い立って尋ねた。

「この辺で動物が逃げ出したって話はない？」

「んー？　あ、アパートの住人が、ネコがしばらく帰ってこないって言ってたけど」

「そういうのじゃなくて……たとえばライオン、とか」

鷹志の言葉に、ウエイターは薄茶色の目を瞬いた。

「ライオンだって？　そんなことになったら大騒ぎじゃないか。ないよ。そもそもアティークに動物園はないし」

ということは、野生のライオンの存在なんて論外なのだろう。

じゃあ、はるばる遠征してきた個体だとか？　なんのために？　ちょっと進んだら、砂漠が広がってるような土地だぞ。ライオンだってそんな土地での移動は過酷だろう。

やはり可能性としては金持ちのペットだろうかと考えながらコーヒーを飲んでいると、ウエイターに訊かれた。

「ライオンが見たいの？　プライベートで飼育してるとこがあるらしいよ」

……ビンゴか⁉

「それ、どこ？」

勢いづいて尋ねる鷹志に、ウエイターは首を傾げた。

「うーん、詳しくは知らないけど、たしか王さまの親戚が飼ってるって聞いたような」

国王の親戚なら間違いなく富豪だろう。ライオンだって飼える。

確信を得た鷹志はカフェを後にして、街中を巡りながら話を聞いた。

ファクルの国王一家は首都のダハブ在住だが、国王の姪が嫁いだサイード家がアティーク市内に居を構えているとわかった。そのサイード家が邸宅の敷地内で複数のライオンを飼育しているという話もあり、鷹志は訪問を決めた。

だって、マジで脱走してたなら一大事だろ。通報は市民の義務だよ。いや、俺は通りすがりの旅人だけど。

鷹志はそう自分に言い聞かせて自転車を停め、もう一度カメラの画像を見た。見るたびに、実物の姿が脳裏に鮮やかに浮かび上がる。サイード家に一報を伝えたいのもあるけれど、もう一度あのライオンに会えたらという期待のほうが大きい。

いや、あのライオンが逃走中なら会えないけれど、多頭飼いしているなら他の個体がいる可能性もある。本当に美しい生き物だったのだ。恐怖に慄いた記憶は薄れて、ライオンのすばらしい姿ばかりが思い出される。

一般公開はしていないらしいが、にわかにライオンファンとなった鷹志としては、チャンスを逃す手はない。

　街中を少し離れた小高い丘の上に、サイード邸はあった。

「……でかっ……」

　通りに面してまるっとワンブロック、花崗岩（かこうがん）の塀が続いている。高さ二メートル以上の塀からは、生い茂ったヤシの木が見え、その隙間（すきま）にアラブの特徴的な建築であるウインドタワーが見え隠れしていた。

　正門は観光バスがらくらく乗り入れられそうな大きさで、優雅な模様を描くロートアイアン（鍛鉄工芸）の門扉がぴたりと閉ざされていた。そればかりか、門脇には電話ボックスみたいな詰め所まであって、門番がいる。

　まるで美術館のような規模と豪奢（ごうしゃ）さだが、王族の邸宅ともなれば当然かもしれない。とにかくここまで来たのだから先へ進もうと、鷹志は通りを渡った。

　門番は軍服のようなお仕着せとクーフィーヤを身に着け、腕組みをしたまま鷹志を睥睨（へいげい）した。ばっちり目が合っているが、襲われることはあるまいと、声をかける。

「こんにちは。あの、ここはサイード家でしょうか？」

　門番は鷹志を上から下までじろじろと見回してから、「いかにも」と答えた。

「ライオンを飼ってますよね？　あのー、全部ちゃんといますか？」

鷹志の英語が理解できないという表情をした後、ひげ面の口元が歪(ゆが)んで片手を振った。

「用がないなら立ち去れ(Go away)」

Go away ってなんだよ！　野良犬でも追い払うみたいに。

海外を歩き回るようになって無駄に強気に出るようになった鷹志は、瞬間的にむっとした。

「なんだよ、その言い方！　ライオンが逃げ出してるかもしれないんだぞ！　べつに会わせろなんて言わないから、主人に伝えとけよ！」

「うるさい奴だな。主人に会えるはずがなかろう！　さっさと立ち去れ！」

そのとき、通りを黒塗りの高級車が近づいてきた。門番は鷹志を放り出して詰め所に駆け寄り、門扉を操作した。内側に大きく開いた門扉の間を、リムジンが滑るように進んでいく。

後ろに誰か乗ってた。もしかしてこの家の主人？　王さまの姪とかいう。

しかしさすがに鷹志も車に近づくことはできず、門の外でMTBとともに立ち尽くしていた。

この際、もう一度門番に念を押しておくしかない。それでだめなら、もう知るものか。

意外にも車は門を潜ったところで停まり、スーツ姿のドライバーが降り立って、後部席のドアを開けた。

緩い風が、真っ白いトーブ(長衣)の裾(すそ)をひらめかせる。黒革のサンダルを履(は)いた足が地面を踏みしめ、次に全身が姿を現した。

うわっ……！

イガールで押さえた白いクーフィーヤが、翼のようにはためく。長身の男だ。サングラスで素顔は不明だが、これだけでもう雰囲気イケメン度はマックスといっていい。

民族衣装の男はゆっくりと門に近づき、門扉のラインを境に鷹志と向き合った。

「なにか用か？」

声の感じからして、思ったよりも若いようだ。

「マスター、お気にされることはありません。すぐに追い払いますから――」

門番の言葉を、男はすっと片手を上げて遮った。

マスターってことは、この男がここの主？　え？　姫じゃなかったのか？

一瞬混乱したが、このチャンスを逃す手はないと思い返して口を開く。

「昨日、ナツメヤシの畑でライオンを見たんだ。この家でライオンを飼ってるって聞いたから、もしかしてそれが逃げ出したんじゃないかと――」

厚からず薄からずの理想的な形の唇が緩んだのに気づいて、鷹志は言葉を途切れさせた。

男はゆっくりとサングラスを外す。

……出た！　やっぱりイケメンだった！　しかも、なんだあの目の色……紫？　すみれ色ってやつか？

彫が深く浅黒い肌色に、はっとするほど美しい色の瞳。ひとりでなんでもかんでも欲張りすぎじゃないかと言いたくなるくらいの、嫌味なくらいにパーフェクトな外見だ。

「夢でも見たんじゃないのか？　うちのライオンは逃げたりしない」

見た目にふさわしく自信に溢れた物言いが癪に障って、鷹志は首に下げていたカメラを突きつけた。

「夢なもんか。ちゃんとここに映ってる」

すると男ははっとしたように目を瞠り、つかつかと歩み寄るとカメラのディスプレイを覗き込んだ。

「どう？　ライオンだろ？　言っとくけど、日付弄ったりしてないからな」

男はカメラと鷹志の顔を見比べ、やがて肩を竦めた。

「では、飼育場に案内しよう」

マジで⁉

まさかそんな展開になるとは予想もせず――いや、本当はライオンがすごく見たかったけれど、門番と男の様子からして諦めていたのだ。そもそも国王の縁者の住まいに、アポなしでふらっと訪れた外国人旅行者が入れる道理はないと、落ち着いて考えればわかる。

呆然と立ち尽くす鷹志を置いて、男は車に乗り込んだ。鷹志を振り返って「乗れ」と顎をしゃくる。

いや、敷地内なんだろ、チャリでついてくよ、と言わずに駆け寄ってしまったのは、ひとえにリムジンの吸引力だろう。鷹志が今後どんなに身を粉にして働いても、まず乗れない車だ。

男は鷹志のＭＴＢを保管しておくように、門番に命じた。

「すっげ……」

シートは対面式で、車内なのを疑ってしまうほど座り心地がいい。サイドにはテレビを収納したキャビネットが設置されていて、グラスも並んでいる。下部の扉は冷蔵庫のようだ。

ひとしきり感心すると、もはやため息しか出ない。対面に座った男はこの境遇を当然のこととして、窓の外に目を向けている。脚を組んでゆったりとシートにもたれているさまが、絵に描いたようにはまっていた。

ふいに男の目が鷹志に向いた。見惚れていた鷹志は、我に返って狼狽えると同時に、心臓が走り出すのを感じた。

え？　なに？　なんでドキドキ？　いや、なんか……ドキドキというか、ギクリというか……。

眼福なだけでなく、身の危険を感じたときのような焦りを覚えて、うかうかと車に乗ってしまったことまで後悔した。このまま裏門から落とされるのだろうかとか、ライオンのところまで行っても檻に放り込まれたりしないだろうか、とか。

……いやいや、まさか。そこまでされるようなこと、してないし。ていうか、そんなことになったら、いくら王族でも国際問題だし。

「名は？」

「はっ⁉　俺？」

思わず大声で訊き返してしまい、男は眉をひそめた。

「あ、ごめん……浜谷鷹志です。二十三歳の日本人。大学を卒業してから、自転車で世界を回ってるんだ」

「ハマヤタカ……」

男が目を丸くしたのを見て、日本名は聞き取りにくいのだろうかと思った。

「し、だよ。鷹志ってのがファーストネーム」

「マリクだ。マリク・アサド・サイードと名乗っている」

アラビアの名前こそ、宗教的に崇拝する対象への一文が加えられていて被りが激しかったり、先祖のエピソードまで名前に含まれて超絶長かったりすると聞いていたから、あっさり明快で鷹志はほっとした。

「よろしく、ええと……ミスター・サイード」

「マリクでいい」

意外と気取ったところがない男だ。使用人への態度は横柄に見えなくもないけれど、国王の縁者ならそういうものだろうか。そう思ったところで、鷹志はふと気づいた。

「ちょっと質問。ここは国王の姪御さんの住まいだって聞いたけど……」

マリクは軽く頷いた。

「それは俺の兄の妻だ。夫妻は外国の別邸を転々としていて、本邸もダハブに移っている。俺はライオンたちの世話をするのを条件に、この屋敷をもらった」

もらった、って……そんなあっさり……セレブにとってはこの豪邸も軽くやり取りできる程度なのか？

王族ではないが、きっとマリク自身も相応の出自なのだろう。なにしろ彼の兄が国王の姪と結婚したくらいなのだ。

「着いたぞ」

マリクの声に外を見ると、いつの間にか車は木立の中で停まっていた。敷地の奥は木々が茂り、突き当たりは薄茶色い崖になっていた。そこをサッカーコートくらいの広さに、コンクリートの塀と鉄柵で囲ってある。

柵の向こうにぬっと姿を現したライオンを見て、鷹志は車を飛び出した。

「同じだ！　なあ、写真と同じだよな？」

現代では生息地域ごとに個体群に分けているが、ライオンはすべて同一種ということになっている。それくらい数が減っていて、絶滅危惧種なのだと、昨日ネットで検索して知った。

しかし、動物園などで見るいわゆるライオンと目の前のそれは、鷹志の目には同一種と思えなかった。まず大きさが違う。昨日、ナツメヤシ畑で見たときもその巨体に驚いたものだったが、今、落ち着いて目測しても、体長三メートルを超えているのではないか。

そしてオスのタテガミは歌舞伎（かぶき）の獅子頭（ししがしら）のようなボリュームで、胸を越えて腹のほうまで伸びている。

「バーバリライオンという。古くは古代ローマ時代から、剣闘士との戦いなど見世物に使われ、野生のものは居場所を追われ、二十世紀の初めには絶滅したといわれていた」

隣に立つマリクの言葉に、鷹志は目を上げた。

「え？　だって……」

「ファクル王家では、献上された純血種のバーバリライオンを、代々飼育繁殖してきたんだ。特に触れ回ることもなく。それがこの種の絶滅を寸前で躱(かわ)した。それでもわずか十数頭だがな」

「そんな希少な生き物だったのか……」

鷹志は感動して、我知らず柵に沿って歩き回った。世界にわずかしか残されていないバーバリライオンを目の前にしているなんて、奇跡だ。だからこそ、こんなに美しくて、魅了されたのかもしれない。

「オスは少ないんだな。四頭？」

「もともとメス主体のプライドという群れを作る習性がある。このくらいのバランスがちょうどいい」

鷹志はことさらオスを一頭ずつじっくりと見て回った。そして、ため息をついてマリクを振り返る。

「……いない」

鷹志の呟(つぶや)きに、マリクは問い返すように片眉を上げた。

「写真のライオンはここにいない」

昨日のライオンは、さらに巨体だった気がする。なによりここにいるライオンのタテガミは黒に近い褐色だけれど、鷹志が見たのは金色だ。眩しいほどキラキラと輝いていたのだ。

「残念だったな」

マリクに言われ、鷹志は肩を落とす。

では、あのライオンはどこにいるのだろう。ここのように、密かに飼育されている場所が他にもあるのか。それとも正真正銘の野生のバーバリライオンだったのか。

しかしそうだとしたら、これ以上騒ぎ立てるのはよくない。マリクがライオンを探して保護しようとするかもしれない。いや、写真を見せてしまったから、鷹志には言わずとも密かに捕獲する算段をしているかもしれない。

あのライオンが野生なら、このまま人知れず生きていてほしい。伴侶がいるなら、その血を繋いでいってほしい。

「……そっか。もう一度会いたかったんだけどな……」

いや、再会よりも、無事に生き延びてほしい。

「ライオンに？　喰われても文句は言えないぞ」

揶揄うようなマリクの言葉に、鷹志はむっとして言い返した。

「めったなことがなきゃ、人間を獲物にしないんだろ。そのくらい調べたよ。それに、喰われるかもなんて忘れるくらい、きれいでカッコよかったんだよ！」

鷹志はもう一度バーバリライオンを見回すと、踵を返して歩き出した。

「どこへ行く」

「帰る。見せてもらってありがとうございました」

呆気ない結末だったが、現実なんてそんなものだろう。むしろ希少なバーバリライオンを目にすることができて、ラッキーだったかもしれない。

まだ日暮れには早いし、アティーク市一のモスクでも見ていこうかな。その後でなんか食べて、宿を探して——。

「まあ、待て」

ふいに後ろから腕を掴まれて、鷹志の心臓が跳ねた。近づく気配をまったく感じなかったのだ。

「びっくりした……なに？」

昨日のライオンの情報を聞き出そうとしているのかと、警戒しながらマリクを見上げる。

「急ぎの旅じゃないなら、しばらく滞在していけばいい」

「……は？」

予想外の言葉に、鷹志はまじまじとマリクを見つめた。すみれ色の双眸が戸惑ったようにさまよう。

「いや、旅人はもてなすべきだという家訓があって……というより、少しでも倹約したいのではないか？　ここなら宿代も食費もかからない。ライオンの世話を手伝うなら、報酬も出そう」

「マジで⁉」

　後半の言葉に食いついてしまったのは、昨日、荷物を回収した際に、財布だけがどうしても見つからなかったからだ。カード類と緊急の現金はウエストポーチに入っていたけれど、日常づかいの現金をまるっと失ってしまった。しかもファクルに入った際に新たに引き出したところだったから、鷹志的には一週間分以上の活動資金が消えたことになる。これは大打撃で、今後の旅のスケジュールにも大きく影響する。

　そこに三食昼寝付き――ではさすがになく、労働が課せられるがアルバイト代は出るという。そんな提案を断る手はない。

　唯一気をつけなければいけないとしたら相手の素性だが、それも国王の縁者と面が割れている。これ以上たしかな雇い主もいるまいと、鷹志は大きく頷いた。

「やる！　やります！　お世話になります」


　広大な敷地に建つ邸宅は伝統様式の二階建てで、中庭を囲むように回廊式になっている。中庭に立って周囲を見回すと、まるで街中にいるようだ。

部屋数はざっと二十はあるだろうか。「数えたことなどないからわからない」というのがマリクの弁だ。

鷹志に与えられたゲストルームも広々していて、天井が高い。ライトや調度品がクラシカルで、なんとベッドは天蓋付きという伝統的な高級ホテルも顔負けの仕様だ。

部屋の外はルーフバルコニーのように広いベランダで、くつろぎ用のカウチが置かれている。そこからウインドタワーが仰ぎ見えた。ウインドタワーは伝統的な建物の上部にある塔で、そこから風を取り込み、屋内に空気の流れを作って冷房の役割を果たしたものだ。横から何本も突き出た棒に濡れた布をかけると、気化熱で冷却効果が上がるという、よくできた代物だった。この屋敷はすでに空調設備が整っているようだから、装飾的な意味で残されているのだろう。

現在サイード邸の住人は、マリクひとりだという。通いの家政婦数名が家事を受け持ち、リムジンのドライバーや門番は常時交代制、庭師は不定期。ライオンのための飼育員も、別棟に交代で泊まり込みの勤務をしているという。

夕食に出てきたのは、意外にもイタリアンだった。それでもさすがはセレブの食卓で、前菜に始まってサラダにスープ、パスタ、メインは肉と魚、デザートで締めというコース仕立てで供された。

伝統的なアラブ料理を絨毯の上に座って食す想像をしていた鷹志は拍子抜けしたが、その際の作法など知らないので、これはこれでありがたい。なにより旅先で、食べきれるかどうか心配になるほどの量の食事にありつくなんてまずない。

「てことは、夜はこの家にマリクだけなのか。不用心じゃない？」

レモンバターソースが絶品のポークソテーを頬張りながら鷹志が言うと、マリクはワインを口にして肩を竦めた。

あれ……？　豚肉食べていいいわけ？　それにワインも……。

アラブ諸国の中でもファクルは緩いほうだと聞いているから、こんなものなのだろうか。

「見た目は古い家屋だが、セキュリティ設備は最新のものを揃えている。人間が束になって警備するより、よほど安全だ。ああ、これを渡しておく」

マリクがテーブルに滑らせたのは、ごつい金の指輪だった。

「うわ、すげえ。でも、指輪とかしたことないし、こんな高そうなのもらえない」

「ないと不便だ。門や玄関その他の出入り口のセキュリティブロックが、それを読み取って解除される」

「へえー」

つまりはカードキーのようなものなのだろうが、セレブはやることが凝っていると思いながら、鷹志は指輪をはめてマリクに見せた。

食後のデザートだけはアラブの伝統菓子であるバクラワが、アラビックコーヒーと一緒に出てきた。フィロというパイ生地のようなものに、クルミやピスタチオなどが包まれていて、シロップをかけて食す。けっこうな甘さだが、カルダモンが香るすっきりとしたコーヒーにはよく合った。

それにしても、と鷹志は目の前のマリクを見る。クラシカルな室内と相まって、民族衣装に身を包んだマリクは、まるで一幅の絵画のようだ。おかしな話だけれど、鷹志はこのときいちばんアラブにいるのだという実感を持った。

ふと、すみれ色の瞳が鷹志を見返す。

「見惚れるほどいい男か？」

「えっ、いや……あ、そうだ、家の中でもクーフィーヤにトーブなんだと思って」

実際見惚れていたのだろうけれど、そう言ってごまかす。宗教戒律に緩い気風のファクルでも、さすがに同性愛はご法度だろう。まあ、見惚れたくらいで騒ぎにはならないはずだし、そもそも鷹志だってそんな指向はないが、せっかく得た待遇をふいにするような言動は慎むに限る。

「プライベートでは着用しない者も多いが、俺はほとんどこれだ。昔から愛用されてきただけに、気候風土に合っている」

「似合ってるし、いいと思うよ。あ、パンツ穿いてないってマジ？」

なにも考えずに訊いてしまい、マリクの視線の冷たさにはっとする。このくらい咎められる話題ではないと思ったのだが、滞在を許されたからと気安すぎたか。なにしろ相手は、王族同然のセレブだ。というか、気をつけようとしていたのに、意味深な発言だったか。日本人なら、この程度で相手に対して性的関心があると思われたりしないけれど。

「いや、あの、ごめん……」

「確かめてみるか？」

口端を上げたマリクに、鷹志はほっとしてバクラワの欠片を飛ばしつつ口に放り込む。

「いや、遠慮しとく。アラブ人が立派だってのは有名だから。自信なくしたくない」

あっ、またセクハラ発言……！

自分が下ネタ好きだと思ったことはないが、よりによってなぜマリクの前でこんな台詞ばかり言ってしまうのか。相手は間違っても親しみの表れとは受け取らないだろう。

また冷たい眼差しに会うのを避けようと、鷹志は俯いてデザートを平らげた。


翌日、鷹志は飼育員に引き合わされた。

「エドだ。よろしく。こっちはサイモン」

ふたりともアメリカ人だという。今日はいないチームも、同じくロサンゼルスの動物園からスカウトされた飼育員だそうだ。

飼育員たちは驚いたことに、これといった装備もなしに柵内に入り込み、うろつくライオンたちの間を縫って飼育場内の掃除をする。

「だ、だいじょうぶなのか？　ていうか、俺もあれを？」

見ているだけで緊張して、隣に立つマリクに寄り添ってしまう。

「彼らのことは、もう世話係として認識しているんだろう。ライオンたちも今の世代は、ここで生まれ育ったものばかりだからな」

「そ、そうなんだ……」

若い個体は飼育員にじゃれついたりして、動作はネコのようだけれど、なにしろ大きさもパワーも違う。あんな前肢(まえあし)で引っ掻(か)かれたり、体当たりされたりしたら、大けがを負うのではないだろうか。

「怖いか？」

その声に顔を上げると、マリクが含み笑っていた。つい負けん気が顔を覗かせて、鷹志は柵内に視線を移す。

「いや、仕事だから！　……て言っても、俺になんとかなりそうな奴なら——あ、あれ……」

一頭のメスライオンが目に留まったのは、腹部が垂れ下がるように膨(ふく)らんでいたからだ。

「あのライオン、もしかして妊娠してる？」

それに答えたのは、メスライオンのそばにいた飼育員だ。

「当たり。もうすぐ生まれる」

「ほんと⁉」

鷹志は柵に駆け寄った。

「そうなんだ、楽しみだな。いつごろ生まれるの？」

「あと十日から半月ってとこだな」

わずかに残された希少種が、こうやって命を繋いでいるのだと思ったら、それに少しでも携われるのはなんて幸運なのだろう。こんな生き物がいることをもっと世の中に周知して、みんなが協力してくれればいいのに。

「バーバリライオンがいるって、世界的には知られてなくない？　もっと広めればいいのに。SNSとか。あ、子どもが生まれたらアップしようかな」

寄付金とかも集まるのではないだろうか。まあ、長らく飼育しているくらいだから、サイード家は資金不足など感じていないのかもしれないけれど、それでも無尽蔵に金があるわけではあるまい。

それに拠点が増えれば、血統を分けることもできるのではないかと思う。鷹志は詳しくないが、基本的に生き物は近縁同士でないほうがいいはずだ。

「必要ない」

しかしマリクは即座に否定した。

「厄介事が増えるだけだ」

「え？」

マリクが言うには、バーバリライオンの生き残りはほぼここにいるだけで、増やそうという呼びかけをしたら、その希少性から狙われる危険も必ずある。そのダメージのほうがはるかに大きい、それくらい数が少ないというのが現状なのだ。

「そうか……」

バーバリライオンのためにならないと聞いて、鷹志は頷くしかなかった。

「だから、あのデータも消せ」

「え？　俺が撮った写真？　だめだよ、あれは残しとく」

鷹志が拒否すると、マリクは不服そうに眉を寄せた。

ネットにアップもしないし、誰彼かまわず見せることもしない。でも思い出として残しておくのは、鷹志の自由のはずだ。

きっともう実物には会えないんだから、ずっと取っておいたっていいじゃないか。

柵内に入ることはまだ許されなかったけれど、掃除で出たごみを片付け、エサを切り分けと日中いっぱい働いた。ひと口にエサといっても、二十頭近いライオンが食べる肉の量といったら半端ない。果てが見えない肉塊との格闘に、慣れない包丁を持つ手が筋肉痛を覚えるほどだった。

そして、最後には胸やけがした。そういうときに限って夕食は分厚いステーキで、鷹志は半分を食べるのがやっとだったが、マリクが残りを片付けてくれた。

強靭そうな顎が大きく切った肉を咀嚼するのを、鷹志はぼんやりと見つめた。

ライオンみたいだ……飼ってると似てくるのかな。

決して食べ方が雑だとかいうわけではない。むしろセレブの品のよさはつねに感じている。ついでに嫌味にはならない傲慢（ごうまん）さも。

そう、上流階級の威厳というか、選ばれた者だけが持つ雰囲気というか、こちらが格の違いを感じながらも、それを当然のことと受け入れてしまう。

百獣の王と呼ばれるライオンと、よく似ている。


その夜、鷹志はふと目覚めた。

宿泊場所は主にユースホステルなどのシェアルームで、見ず知らずの人間と共用のため自然と警戒から眠りが浅くなりがちだ。昨夜は久々に解放された気分でぐっすり眠り、今日も労働したせいか秒で眠りに落ちた。

しかし、意識下で他人の気配を感じたのだろう。そのせいか目覚める直前に、マントヒヒに荷物を奪われたときの夢を見た。

はっと目を開けると、天蓋から下がった布に写る影が動いている。枕元のライトは、横向きに寝ている鷹志の背中側だ。それを遮って、影が写っているのだ。

急速に意識が浮上する。緊張のあまり、ブランケットをぎゅっと握りしめた。

なになに⁉　泥棒⁉　マリクの嘘つき！　自慢のセキュリティが全然役に立ってないじゃんかよ！

カタ、とサイドテーブルで音がした。そこにはスマートフォンや、デジタル一眼などが置いてある。飛び抜けて高価なものではないし新品でもないが、メイドインジャパン神話はまだ根強いのではないか。それ以上に、ともに旅をしてきたかけがえのないものだ。

泥棒に対する恐怖よりも、奪われたくないという思いが勝って、鷹志は後先考えずに跳ね起きた。

「誰だ！」

びくりとした相手は、夜目にも鮮やかな白いクーフィーヤとトーブを身に着けていた。クーフィーヤの陰から覗くその顔は――。

「マリク⁉」

見開いた目を鷹志に向けているのは、間違いなくこの家の主人、マリク・アサド・サイードだった。鷹志は安堵のあまり全身の力が抜ける。

「……びっくりした、泥棒かと……こんな時間になんか用？」

「いや、その――」

どういうわけか狼狽えているように見えたマリクが、ふいに頷いた。

「……そう！　寝室に忍んで来る理由など決まっている！」

「へっ……？」

ベッドの上で座り込んだまま、鷹志はマリクを見上げた。日中とまるで変わらない出で立ちのマリクの視線が強く見返していて、鷹志のほうは下着一枚だと思い出した。

だって、麻のシーツがサラサラで気持ちいいんだもん――。

と胸の中で言いわけしたところで、マリクの発言の意味に気づいて、ブランケットを引き寄せた。

「ちょっとちょっと！　マジか！　これって寝込みを襲われてる状況？　あんた家の中でもそんな格好してるくらい、敬虔な教徒じゃなかったのかよ？　そういうの絶対だめなやつだろ⁉」

自慢でもなんでもないけれど、ひとりで世界を旅していれば、同性に言い寄られることだってある。己の性的指向は異性だと思っているので、応じたことはないが。

鷹志の剣幕にたじろいでいるように見えたマリクだったが、一転して余裕の笑みを浮かべた。

ふっと笑いながらクーフィーヤを指で払うしぐさが、妙にセクシーだ。

「わかってないな、鷹志。恋心というものは、止められるものではない」

「恋⁉　俺に⁉　会ったばかりなんですけど！」

「時間も関係ない」

マリクはそう言ってベッドに片手をつき、身を乗り出してくる。反射的に鷹志は仰け反ったが、その程度で距離は開かない。ゆったりしたトーブの布が素肌に触れていて、マリクの体温まで伝わってきそうだ。濃い睫毛に縁どられたすみれ色の瞳が、今はわずかな明かりに妖しくきらめいている。じっと見つめていると、吸い込まれそうで――。

「いっ……、いやいや！　いちばん大事なことを忘れてないか？　相手の同意！　これは絶対だから！」

とにかく状況を打破しようと必死に言い募ったところ、マリクはあっさりと身を引いた。

「ふむ、たしかに一理ある」

「一理どころじゃないって」

鷹志は呪縛が解けたように息をつく。

飢えたライオンじゃなくてよかった。あれ？　飢えたオオカミって言うんだっけ？

とにかくマリクはセレブで紳士のようだ。それはそうだろう、たとえゲイだったとしても、わずかなチャンスをものにしなくても、いくらでも相手には不自由しないはずだ。それならプレイボーイでないとも言いきれない。

鷹志のこともたまたまちょっと悪くないと思ってアプローチをかけたにすぎず、拒まれてもそれならそれでかまわないくらいのものだろう。

おとなしく引き下がってくれてよかったと、鷹志はドアに向かうマリクをベッドの上から見送った。

俺も暑いからって、無駄に露出しないように気をつけよう。

女子が胸の谷間や下着が見えそうな服装で痴漢に遭えば、見せつけるような格好をして被害者意識ばかり高いと、非難されることもあるくらいだ。まだこの暮らしを続けたいなら、よけいな刺激は与えないに限る。

そんなことを考えていると、ドア口でマリクが振り返った。

「諦めると思うなよ」

ニヤリとしてドアを閉めたマリクに、鷹志は心臓を跳ねさせた。

なっ、なに今の！　俳優みたいでカッコよかったんだけど！　いや、それよりどういう意味なんだよ？　諦めないって……。

世界を回る旅二年目にして、ついに貞操の危機なのだろうか。荷物をまとめて夜が明けたら退去すべきか、しかし報酬は惜しいし、もうすぐ生まれるというバーバリライオンの赤ん坊も見たい。悩んで眠れず、その結果、翌朝のライオンの世話に遅れたのだった。

翌週の夕暮れ、ライオンたちのエサの肉を切り分けてひと息ついていた鷹志のもとに、マリクが姿を見せた。

「出産が近いぞ」

「えっ、ルゥルゥの!?　すぐ行く！」

ルゥルゥというのが、妊娠中のメスライオンの名前だった。昨日から飼育員が寝泊まりする建物の個室に移されている。

宿泊所に向かうと、エドとサイモンが個室の窓越しにルゥルゥを見守っていた。

「おっ、鷹志、もう来たのか。初産(ういざん)だからまだ数時間はかかると思うぞ」

「あ、そうなんだ。マリクが呼びに来るから慌てちゃった」

「マリクはたいがいいつも見守ってるからな」

鷹志はちらりとマリクを振り返り、そばの椅子に腰を下ろした。

直接の世話は飼育員に任せているが、バーバリライオンの保護飼育をしているという自覚と責任はあるようだ。ライオンたちもどうかすると飼育員より懐いているくらいだし、マリクからも愛情が見て取れる。

そういうところは尊敬できるんだよな。どっちかっていうとライオンより使用人に対してのほうが、ずっと上から目線だし。

鷹志もまたマリクから給料をもらう立場だけれど、雇い雇われている間柄という意識は、互いにない気がする。プロの使用人相手と、行きずりの旅行者がちょっとアルバイトをしているのとでは、扱いも変わるのだろうか。

かといって、部屋に忍び込んできたとき以来、過剰に接近したりセクハラがあったりということも皆無だ。あの捨て台詞はなんだったのかと、鷹志のほうが戸惑ってしまうくらい、マリクは模範的な雇用主であり、旅行者をもてなす主人でもある。

つまりもろもろひっくるめて、悪くない友人関係というのがいちばん適した関係性だと思う。

それは鷹志にとって願ってもないことだった。

ときが経つにつれて、ルゥルゥは忙しなく立ったり歩いたりを繰り返し、ときどきせつなそうな鳴き声を上げた。

「苦しいのかな……ルゥルゥ、頑張れ！」

すでに鷹志まで息苦しくなってきて、そのうち自分もなにかを産み落とすのではないかという気分になっている。ルゥルゥが横たわって身体を伸ばしたり縮めたりすると、一緒になって同じ動きをしてしまう。

「……鷹志、少し落ち着け」

たまりかねたのか、マリクに注意されてしまった。しかしルゥルゥを見守るうちに緊張と興奮が移ってしまった鷹志は、つい言い返す。

「落ち着けって？　だってルゥルゥがこんなに頑張ってるのに。マリクこそ、もっと声をかけてやるとか――」

鷹志を押し返したマリクは、困ったように眉をひそめてそっぽを向いた。

「わかったから、そう興奮するな」

なに、それ？

たしかに興奮していると言われればそうなのかもしれない。けれどただ騒いでいるのではなく、ルゥルゥの頑張りを見ているからこそ、応援したい気持ちなのだ。

それが理解されていないばかりか、邪魔者のように遠ざけられた挙げ句に嫌そうな顔をされて、鷹志は少なからず傷ついた。

これだから素人は、的な？　実際素人だよ！　でもそれならはっきり、これこれこういうのはライオンのそばでよくないって言ってくれればいいじゃないか。

離れた場所に立つマリクの横顔を、鷹志は見ていた。視線に気づかないはずがないのに、あえて無視している。横顔が次第にクーフィーヤに隠れるほど動いて、鷹志は自分が驚くほど動揺しているのを自覚した。

どうしちゃったんだ、俺……そりゃあマリクの態度もあれだけど、それなら腹を立てるだけでいいじゃないか。なんでこんな……悲しいような気持ちになってるんだ？

その理由を己に問い詰めようとしたとき、飼育員の潜めた声が響いた。

「生まれるぞ！」

はっとして視線を窓に向けると、いきむルゥルゥの下肢から、羊膜に包まれた塊が押し出された。ルゥルゥは戸惑っているように匂い(にお)を嗅い(か)でいたが、やがておずおずと、次第に熱心に舐め始めた。羊膜を舐め剝(は)がされた赤ん坊から産声(うぶごえ)が上がる。

「やったな！」

エドとサイモンがグータッチをする傍らで、鷹志はずっと詰めていた息をついた。

すごい……！

生命の誕生に立ち会うなんて初めての経験で、喜びと感動で胸が苦しいくらいだ。見ている間にも、ルゥルゥに舐められまくって仔ライオンはふわふわになっていく。必死に四肢を動かす様子が、たまらなく愛らしい。

「元気いいね。あっ、尻尾が見えた！　すっごい可愛い！」

飼育員たちが忙しそうに動き出したので、鷹志はこの感動を共有すべく、なにも考えずにマリクのそばに寄った。触れ合ったマリクの腕が揺れて、そういえば直前まで険悪な雰囲気になっていたのだと思い出す。

マリクは頭を左右に振ると小さくため息をついて、鷹志の肩を抱き寄せた。

「ああ、元気な子だ。メスだな」

「えっ、そんなのわかるの？」

鷹志を遠ざけたことなど嘘のように、これまでどおりのマリクだった。いや、肩を抱くようなスキンシップはなかったけれど、避けられていないならむしろ嬉しい。

あ、そうか。出産直前で、マリクも過敏になってたんだな。人一倍ライオンたちのこと大切にしてるみたいだし。

ルゥルゥに最適な環境を与えようとしてのことだったのだ。

鷹志は納得すると、ライオン母子に視線を移した。無意識のうちに微笑（ほほえ）んでしまう。そして胸の中が温かくなってくる。

「生き物のお産って、初めて見た。ずっとすごくハラハラして落ち着かなかったけど……今は嬉しくて……いや、そんなんじゃ足りないな。感動してる。命ってすばらしいな」

肩を抱く手に強く引き寄せられるのを感じて、鷹志は笑いそうになった。きっとマリクも同じように感じていて、手に力が入ったのだろう。

「ちょ、マリク——」

顔を上げようとすると、額（ひたい）に柔らかいものが触れた。それが唇だと気づき、つまりキスされたのだと知って、鷹志は焦る。

「そうか。じゃあ、鷹志も俺と子作りに挑戦してみるか？」

「……は？　はあっ⁉　なに言ってんだよ！」

出産したばかりのルゥルゥが近くにいるのも忘れて、鷹志は声を上げ、マリクの手を振り解いた。マリクは虚を衝（つ）かれたかのように、空っぽになった腕の中を見下ろしている。

「男同士で子どもはできないの！　それ以前に、あんたとじゃしたくもないし！」

一瞬マリクがせつなげな目をしたように見えたけれど、鷹志のほうはそれどころではない。意識の隅に追いやって考えないようにしていたが、マリクは鷹志の寝込みを襲うという前科があるのだ。

その後の対応に変化がなかったから、あれきりで終わったことと思っていたけれど、捨て台詞どおりに諦めていなかったのだろうか。

だからって……どうすれば……。

いや、今しがた宣言したとおりで、鷹志はマリクとどうにかなるつもりはない。それなのに、どうしてこんなに動揺しているのだろう。

マリクもマリクで、いつものように余裕を見せてなにか言い返してくれればいいのに、まるでぼうっとしている。

「……もう遅いから、帰って寝る」

鷹志はそう告げて、そそくさとその場を去った。


部屋に戻ってベッドに潜り込んでも、まったく眠れない。帰って寝るなんて宣言してしまって、マリクが後を追ってくるんじゃないかとか、そんなどうでもいいことまで考えてしまって、ますます眠りが遠ざかる。

おかしくないか？　マリクも……俺も。

命の誕生を目の当たりにして、精神状態が高揚気味だったのは、鷹志はもちろんマリクもそう

だったのだと思う。しかしただそれを喜ぶだけでなく、自分たちに当てはめようとしたのはどうなのか。

どうなのか、って……マリクはそういう対象として俺を見てるってことだよな……。

しかし、本当に？　と疑問が湧いてしまうのだ。

寝込み襲撃事件のときも考えたけれど、マリクがゲイやバイという可能性も否定はしない。宗教的にアウトだとしても、個人的な指向は止めようとして止められるものではないだろう。

が、マリクは身分も財力も、ついでに見た目もこの国のトップクラスで、相手に不自由はしないと思うのだ。色よい返事をすることがない鷹志に、こだわる必要はない。

『恋心というものは、止められるものではない』

ふと、マリクの言葉を思い出す。

あのイケメンセレブが、俺に恋？　マジかよ……。

同性を好む男にどんなタイプがモテるのか知らないけれど、鷹志はごくふつうの若者だ。見た目も男っぽさも平均以上というくらいで、これといった特徴はない。

だから……言い寄られるとは思えないんだよな。モテすぎて、ちょっとおかしくなってんじゃないか？　じゃなきゃ、揶揄ってるとか。

そう結論づけようとしたのも、これで何度目だろう。繰り返してしまうのは——本当に不本意というか、自分で納得がいかないのだけれど、そう考えてしまうと、ちょっと残念に思う自分がいるからだ。

……いやいやいや！　決してマリクとエッチがしたいとか思ってるわけじゃなくて！　あんなハイスペックに言い寄られてると思うと、同性でも悪い気はしないっていうか、プライドを擽（くすぐ）られるっていうか……。

ふと鷹志は我に返って、枕に抱きついた。

なに考えてんだ、俺……やっぱおかしい。

それというのも、マリクが鷹志を特別視するせいだ。恋だの子作りだの持ち出してくるから、鷹志のほうも否応なくそんな意識を植えつけられてしまったに違いない。すなわち、相手が恋愛対象、みたいな。

侮（あなど）りがたし、アラブのセレブ。俺を洗脳しようとしてるな。

マリクのちょっとしたしぐさに、気づけば見惚れてしまったりするのも、きっとそのせいに違いない。


昼食の後、家政婦を手伝って食器を片付けていると、窓の外をオフロード車が横切った。運転席にいるのは、クーフィーヤにサングラスをしたマリクだ。クラクションが聞こえ、鷹志は家政婦に声をかけて、キッチンを出ていく。

　門へ続くアプローチに停車していたのは日本が誇るクロスカントリー4WD車で、おそらく最新モデルだと思うが、細かい傷やちょっとしたへこみがあって使い込んでいる感が見えた。それがまた実用性を感じさせてカッコいい。

「自分でも運転するんだ？」

「プライベートはほとんどそうだ。乗れ」

　鷹志が助手席に乗り込むと、マリクはクーフィーヤを渡してきた。

「後ろにブーツとマントもある」

　見ればマリクも短い上衣にパンツを穿き、足元はブーツだった。

「どこ行くの？」

「砂漠だ。オジロスナギツネが見たいと言ってただろう」

「ほんと⁉　やった！」

　ライオンの出産のときには微妙な雰囲気になり、場合によっては今度こそ出ていくべきかと覚悟していたが、翌朝顔を合わせたマリクはまったくの平常モードだった。

　いや、厳密には違うのかもしれない。なんとなく、本当になんとなくで、鷹志の気のせいかもしれないけれど、すみれ色の瞳が鷹志を見る際の情感が増したような気がする。

　しかし態度に変化はないので、鷹志も極力意識せずに振る舞った。結果として、ふつうに穏やかに過ごしている。

目下の心配事といえば、ルゥルゥが子育てに熱心とはいえないことくらいか。飼育員が様子を見に行くと、仔ライオンを放置していることもたびたびで、代わりに世話をしようと取り上げても、関心が薄いらしい。いずれ人工飼育になるかもしれないとのことだった。

そんな日常会話の中で、一昨日だったか、鷹志がオジロスナギツネを見てみたいと洩らしたのを、マリクは憶えていて、実行に移してくれたらしい。

「見られるかどうかは運次第だがな」

「それでもいい。砂漠に行くのも楽しみだよ。ＭＴＢじゃさすがに心もとないから」

小一時間ほど進むと、目の前が青い空と薄茶の砂漠の二色になった。もはや鷹志の目には道の判別もつかない。砂を蹴散らして停まった車から、鷹志は飛び降りた。

周囲を見回しても、なにもない。ヤシの木が数本ひょろりと伸び、岩が転がっているだけだ。かろうじて遠くに街並みが浮かんでいた。

「すっげー……」

遮るものがない風は意外に強くて、砂まで巻き上げるものだからたまらない。顔に当たるのを避けようとクーフィーヤを被り直すが、風に煽られてうまくいかない。

すっと手が伸びて、マリクがターバン風に巻き直してくれた。端が項を隠すように垂れ下がり、熱中症対策も万全だ。

「ありがと……なんでマリクのは飛ばされないんだ？」

「特別製だとでも？　慣れだよ」

短めの上衣には吹き上がり防止のためか、緩くベルトを巻いている。上に羽織った長い上着とクーフィーヤが風にはためいて、砂漠という背景に最高に似合っていた。

「ラクダがいれば完璧じゃん……リアルアラビアンナイトだ」

「ラクダはあまり好きじゃない。どうせ乗るなら馬のほうがいい」

それもまた似合いそうだと想像していると、ふいに肩を摑まれて引き寄せられ、ドキリとする。

えっ、外でなんて大胆な。いや、誰も見てないだろうけど——そういうことじゃなくて、紳士なんじゃなかったのかよ？　とぼけてチャンスを狙ってた？

しかしそれなら、車内のほうがよほど好都合だったのではないだろうか、マリク的に、と思っていると、耳元で囁かれた。

「じっとして」

じ、じっとって……なにする気？

「目だけ向こうの岩に向けて——そっちじゃない。もっと向こうの」

この状況でマリクから注意を逸らしていいのだろうかと思いながら視線を動かすと、岩陰にぴょこんと灰色の耳が飛び出した。続けてモフモフの尻尾が一瞬垣間見える。

「わ、いた？」

声を上げたいのも、もっとよく見ようと動きたいのも我慢して、岩を凝視して待つと、岩にオジロスナギツネが飛び乗った。

オジロスナギツネはフェネックによく似ていて、身体もひと回り大きいくらいだ。フェネックはアフリカ北部が生息地だが、オジロスナギツネはアラビア半島にもいる。

大きな耳を動かして辺りを見回す様子は、非常に愛らしい。

「カメラ持ってくればよかったー……スマホで撮ってもいいかな？」

「……逃げられなければ」

鷹志は慎重にポケットからスマートフォンを取り出し、そっと構えた。そのとき指を鳴らす音がして、オジロスナギツネはこちらを見たかと思うと、砂漠を走り去ってしまった。

「あ、あー……なにすんだよ！　わざとやっただろ」

「べつに撮らなくてもいいだろう」

「せっかく会えたのに」

鷹志はすでにオジロスナギツネの影も形もない砂漠からマリクへと目を移し、恨みがましく見上げた。マリクに反省の色はなく、むしろ機嫌よさげだ。

なんだよ、ガキみたいなことして……。

鷹志は砂を蹴散らして駆け出し、あちこちの岩陰を見て回った。

「鷹志、気をつけろ」

マリクの声が聞こえるが、こんなに見晴らしがいい場所で、なにに気をつけろというのだろう。

ブーツや日除けのマントも用意してもらったから、肌が焼かれることもない。

片手で大きな岩を摑み、下の窪みを覗き込んでみたが、やはりオジロスナギツネはいなかった。

大きな耳を持つくらいだから聴力も高く、騒がしく駆け回る鷹志など早々に気づかれたのだろう。

息をついて身を起こしたとき、マリクの鋭い声が飛んできた。

「動くな！」

「えっ？」

数メートルの距離に立つマリクが、片手を振りかぶっていた。その指先がきらりと光る。

ええっ⁉　ナイフ⁉　俺を刺す気か⁉

息を呑んで固まっていると、摑んでいた目の前の岩に動くものがいた。砂の塊が風で吹きこぼれたのかと思ったが、すぐに虫だと気づく。

……じゃなくて！　これってサソリ⁉

淡いベージュ色でエビに似たフォルムだが、細長い尾の先がぷくりと膨らんで尖っている。それが鷹志の指先からわずか数十センチのところにいた。

「気づいたか。恐れなくていい。そのままじっとしてろ」

恐れなくていいって、無理だろ！　あんたはいいよ、安全圏だもんな。だいたいナイフでどうするつもりだよ？　まさかサソリを刺すつもりか？　それより先に俺がサソリに刺されんだろうが！　奴を刺激するなよ！　ああもう！　こんなことしてる間に逃げたほうが早いんじゃ――。

言いたいことは山ほどあったけれど、声を上げたら最後、サソリに襲いかかられそうで、鷹志は硬直していた。それでも指が震えるのは止められず、反応したサソリがひょいと尾を上げる。

ぎゃああっ、これまでか！

耐えきれずに目を閉じた鷹志の耳に、ガツッと硬いものがぶつかる音が響いた。思わず岩から手を離してしまい、飛び退りながら目を開く。

「あれっ⁉　いない！　サソリは⁉」

歩み寄ってきたマリクが、顎をしゃくった。

「そこだ」

視線を辿ると、砂の上にナイフが転がっていた。その切っ先に、胴体を刺し抜かれたサソリが息絶えている。

……うっそ……マジで……。

驚くやら安堵するやらで、鷹志の足元が揺れる。すかさずマリクに支えられ、頭を撫でられた。

「よく騒がずにおとなしくしてたな。おかげで狙いやすかった」

「……いや、騒ぐどころか動けなかった……」

「そうか？　おまえのことだからなりふりかまわず逃げるかと、それがいちばんの懸念だった。しかし、サソリのほうがはるかに動きは速い」

鷹志はしがみつくようにマリクに寄り添ったまま、地面を見下ろす。

「動いたらやられてたってこと……？」

「それでも守るに決まってるだろう」

うわっ……。

鼓動が跳ねて、鷹志は思わずマリクの腕から逃れた。しかしいっこうに高鳴りが止まらず、胸を押さえる。

か、カッコよすぎるだろ！　いや、これは乙女的なときめきじゃなくて、同じ男として憧れるっていうか……。

先ほどのおとなげない振る舞いも吹き飛ぶくらいだ。いや、逆に両面が両立していることが、ことさら魅力的に思えてしまう。

マリクはナイフを拾い上げ、無造作に上着で拭うと、革の鞘(さや)に収めた。そんな一連の動作にも、扱い慣れた感がにじみ出ていて惚(ほ)れ惚(ぼ)れしてしまう。ふと視線が合って、鷹志はごまかすようにナイフを示した。

「いいな、それ。小さくて持ち歩きに便利そう」

「欲しければ用意しよう。扱いを覚えれば、いろいろと使える」

「サソリにも命中するようになる？」

「練習次第だろう」

その後は再び車に乗り込み、砂漠を走り回った。

「ね、俺も運転したい」

マリクはあっさりとシートを替わってくれ、鷹志は意気揚々と車を走らせたのだが、思った以上に砂でハンドルを取られ、思い描く半分も動かせなかった。マリクはオンロードを運転するような手軽さで走らせていたというのに。

「ナイフより先に運転を覚えたほうがいいな」

「えっ、なにこれ？」

ライオンの世話を終えて、部屋に戻ってシャワーを浴びた鷹志を待っていたのは、タキシード一式だった。そしてマリクが我が物顔でソファにもたれていた。まあ、この家にあるのはすべてマリクの所有物なのだけれど。

「これからどうしても断れないパーティーがある」

「ああ、行ってらっしゃい。自分の部屋で着ればい？　ていうか、パーティーはタキシードなんだ？　珍しいね。いや、初めてだ。着たら俺にも見せて」

「その言葉、そっくり返す。早く着て見せてくれ」

「は？　俺⁉　なんで俺がパーティー？」

「ひとりで行くのは退屈だ。それに一応パートナー同伴らしいからな」

「ちょっと待って！　この場合のパートナーはレディーじゃないか？　公の場に同性同伴はまずいだろ！　そもそもパートナーじゃないし！」

「細かいことは気にするな。念のために言っておくと、欠席したり単独で出席したりしたら、俺の評価は確実に下がる」

「うっ……」

マリクにはいろいろと世話になっている。砂漠では文字どおり命を救われた。脅しのようだけれど、突っぱねることもできず、鷹志はため息をついた。

どうせ行きずりの人間だから、なにかあっても後を引くわけじゃないし。本人がいいって言ってるんだから、だいじょうぶだろ。

バスローブを脱ぎかけて、マリクがこちらを見ているのに気づいた。

「見るな」

マリクはあっさり肩を竦めて立ち上がり、部屋を出ていった。それを見送りながら、今の発言はかえって変だったかと思う。男同士で、見るも見ないもないだろう。

いや、でも向こうは言い寄ってきたこともあったし……。

しかし、最近はあからさまなことはしてこない。ということは、鷹志のほうが意識しすぎなのだろうか。

ミッドナイトブルーのタキシードは光沢がすばらしく、なにより鷹志のサイズにピタリと合っていた。

もしかして、オーダーとか？　いや、まさか……。

マリクは満足げな笑みを浮かべ、鷹志の背中を抱いてリムジンに乗り込んだ。

「エスコートは不要だから」

「そうはいかない。パートナーだからな」

どっちなんだよ！

パーティー会場は、ダハブ市中心に建つ高級ホテルだった。主催が外国人らしく、半分以上が欧米人だ。白いクーフィーヤとトーブをまとったマリクは、色とりどりのドレスの中でも、ひときわ目を引いた。

心配するほどじゃなかった。みんなマリクしか見てないじゃん。

そう思って安堵していたのだが、マリクが当然のように鷹志の背を抱いたので、周囲がざわめく。

「ちょ、マリク――」

「主催者に挨拶（あいさつ）しておこう」

向かった先には、白髪で恰幅（かっぷく）のいい紳士がいた。

「やあ、マリク。来てくれて嬉しいよ」

「誕生日おめでとう、ボブ」

「相変わらずきみには驚かされるな。しかし趣味は悪くない」

ボブの視線が鷹志に移ったので、とりあえず愛想笑いを浮かべておく。

「ようこそ。楽しんでくれたまえ、ミスター・オリエンタル」

それからふた言三言交わしただけで、マリクは踵を返した。

「義理は果たした。どうする？　せっかく支度したんだから、少し楽しんでいくか？」

「どうやって。知り合いもいないのに。マリクこそ、挨拶に回ったほうがいいんじゃないか？　俺、向こうで食べてるから」

たいてい自宅にいるマリクだが、会社をいくつか持っていると聞いている。取引先などもいるのではないかと思って、鷹志は気をきかせたつもりだった。というか、ついて回って無駄に興味を引くこともないだろう。

それにしてもすごいな……セレブが結集してる。

目の前を通ったカップルの女性の首を飾る宝飾品や、男性の腕時計の豪奢さに、料理を皿に盛る手も止まりがちだ。

マリクがいるのはこういう世界なのだと、あらためて思い知らされた気分だった。泥だらけになってライオンの世話をしたり、砂漠を車で走り回ったりしていると気づかなかったけれど。いや、そんなときだって、そこかしこにリッチさは溢れていた。

アルバイトで資金を貯め、それでも貧乏旅行の鷹志とは、そもそも違う人種なのだ。実際に人種も違う。

そうだよな……王族みたいなもんだもんな……。

壁際のテーブルに着いて、大盛りのキャビアとシャンパンを交互に口に運びながら視線をさまよわせると、マリクが複数の女性に囲まれていた。いずれもナイスバディの美女だ。鷹志は無意識に目を三角にした。

ちょっとちょっと、距離が近くないか？　あーあ、マリクも笑顔の大安売りじゃないか。

客観的に見たらとても絵になる光景のはずが、鷹志の頭には批判的な言葉ばかりが浮かぶ。しかし出席者との交流を勧めたのは鷹志で、マリクはなにも悪くない。悪くないのだが——。

結果として、鷹志は黙々と食に走ることとなった。ふと気づけば、胸がむかむかする。生来の貧乏性が出て、つい単価の高そうなものを狙い撃ちしてしまったが、キャビアなんて少量だからいいのだろう。シャンパンをがぶ飲みしたのも、追い打ちをかけている。

そうだよ、そういうことも知らない下々の人間なんだよ……マリクと違って……。

よせばいいのに、胃の中が洗い流されるかもと期待して、ぐいっとグラスを空けた。とたんに目が回って、テーブルに両肘(りょうひじ)をつく。飲み口がいいので甘く見ていたが、けっこう度数が高いのだろうか。

もともとそんなに飲むほうではない。ファクル王国をはじめアラブ圏の国は宗教上、基本的に禁酒だから、最近は大っぴらに飲むこともなく、夕食のメニューに合わせて少量のワインを味わうくらいだった。

「おっ、いい飲みっぷりだね。一緒に飲んでもいいかな？」

声に顔を上げると、タキシードを着た金髪の男が隣の椅子に腰を下ろしていた。美女でなかったのが、マリクとの差を思い知らされる。

「……はい、どーぞ」

キャビアとクラッカーが載った皿を押しやると、どう受け取ったのか、男は笑顔を向けながら指を鳴らして、シャンパンを注文した。

「キュートだな。日本人？」

「あ？　ええ、はい……」

「やっぱり！　アジア系は日本人がダントツだよな」

男の手が鷹志の手首を摑んだ。

「きめが細かいな。ベビーみたいだ」

なんだ、こいつ。馴れ馴れしいな。ていうか、鬱陶（うっとう）しい。触るな。

鷹志は頭を揺らしながら緩慢に振り解こうとするが、甲にまで金色の産毛が渦を巻く男の手は緩まない。

「なあ、パーティーなんて退屈だったら、ふたりでどこかへ――」

そのとき、すぐそばに影が立った。ウエイターがグラスを運んできたのかと思った鷹志の耳に、不機嫌を隠そうともしない低い声が飛び込んできて、瞬く間に覚醒する。

「触るな」

座っている状態で長身のマリクに見下ろされると、威圧感が半端ない。しかもすみれ色の双眸がギラギラしている。

「なんだよ、べつに彼は嫌がってない——……」

途中まで言い返していた男の言葉尻が萎み、椅子を弾くように立ち上がった。マリクがさらに数歩にじり寄ると、男は小走りに去っていった。

ライオンみたいだ……。

靄（もや）がかかったような頭でそう思う。強そうで、怖そうで——でもそれは、正しいほうに向いていて——そう、威厳というか。

ふとマリクが鷹志を振り返り、深くため息をついた。

「まったく……目を離せないな。帰るぞ」

「取り巻きは？　レディーが群がってたじゃん」

「あんなもの。おまえのほうがずっと大事だ」

……え？　今、なんて……。

耳まで酔っぱらってしまったのだろうかと呆然と動けずにいると、マリクは鷹志の腕を取って立ち上がらせ、肩を抱くようにして歩き出した。

まずくない？　こんなところで堂々と……絶対誤解されるって！

クーフィーヤで隠れて気づかれなければいいとか、酔っぱらいを助けていると解釈されればとか願ったけれど、誰かが鳴らした口笛が聞こえた。

リムジンに乗り込むと、隣に座ったマリクが水のボトルを渡してくれる。

「ありがと……ていうか、ごめん。絶対誤解されたよな」

マリクは怪訝（けげん）そうに鷹志を見返していたが、意味に気づいたのか薄く笑った。

「そう思われればしてやったりだ。これでおまえが言うレディーたちの鬱陶しいアプローチも減るだろう。連れ立って出席したくらいでは、余興程度にしか思われていなかったようだからな」

水を飲んだ鷹志は、目を瞬く。

あ……なんだ、そういうことだったのか……。

つまりマリクは思ったとおり社交界でモテまくりで、それに辟易（へきえき）していたのだろう。その中には積極的すぎるレディーもいて、しかし社会的なしがらみで無下にもできず、目下同性のアジア人に執心だと知らしめた——というところだろうか。

そうだよな。さっきの台詞も、周りに聞かせるためだったんだ。

それなのに、思わずどきりとしてしまうなんて。それ以前に、どうして鷹志はときめいてしまったのだろう。マリクの芝居が堂に入っていたからだろうか。まさか自分の願望だった、なんてことは――。

ふいに鷹志はマリクにもたれて笑った。

「だいじょうぶか？」

マリクは言葉ほどには心配している様子もなく、鷹志を抱き寄せた。髪にキスされたような気もする。

これこれ。これだから……ヤバいよなあ。全然その気がなかった俺のことまで釣り上げて。この人たらし！

しかし、これは本当にヤバい。今後はこれまで以上に気をつけないと、本気でマリクに恋をしてしまう。

まあ、旅先での恋を否定はしないけれど、相手が悪い。超セレブでイケメンの同性なんて、リスキーすぎる。お互いに。しかもマリクのほうは肉体関係込みで乗り気というか、そっちがメインなのではないかとさえ感じる。

だめだめ、そんなの！

絶対ダメージがあるだろうし、逆にハマったりしたらどうすればいいのだ。今後の人生が変わってしまう。

むしろダメージを受けるのは身体よりも心のほうかもしれないという薄々の予感には、あえてふたをした。もしかしたら、そのくらいマリクを好きになってしまうかもしれない。だから今後はくれぐれも注意だ。

懸念されていたルゥルゥの育児放棄が本格的なものと判断され、仔ライオンはひと月を待たずに親元から離されて人工飼育に切り替えられた。

マルマルと名づけられたメスの仔ライオンを、マリクは自分の部屋で育てている。すでに目を開き、よちよちと歩き始めて、可愛い盛りだ。

まさかこんなに至近距離で、しかも触れるとは思ってもみなかったので、鷹志の足はついマリクの部屋に向いてしまう。

「なあ、なにかすることがあれば、その間見てるけど」

ドア口からそう呼びかけると、カーペットの上をのそのそしていたマルマルが鷹志を見た。それだけのことで、目尻が下がる。

「マルマル〜、今日も可愛いな」

「そんなところに突っ立っていないで、入ってくればいい」

そう言われても、マリクのプライベート空間に足を踏み入れるのは、やはりちょっと躊躇(ためら)う。

屋敷の中を我が物顔で歩き回っているくせに、と言われるかもしれないけれど、マリクに対する意識が変わってきた今は、過剰に気にしてしまうのだ。ベッドが目に入ったりすると、毎晩ここで寝てるんだな、とか。

しかしマリクのほうはまったく気にも留めていないようで、それは鷹志もマルマルも同等扱いということなのかもしれない。

鷹志がマルマルの前にしゃがみ込むのと入れ違いに、マリクはドアに向かった。

「ミルクを用意してくる」

「ミルクの時間だってさ。よかったなーマルマル」

あやすように指先で耳を撫でると、マルマルはころんとひっくり返り、前肢で鷹志の手を抱え込み、指をガジガジした。

「あー可愛い、超可愛い」

しかしマリクが戻ってくるや否や、マルマルは鷹志に見向きもせず、よたよたと近づきながら必死の甘え鳴きをした。

カーペットの上に胡坐(あぐら)をかいたマリクの膝(ひざ)によじ登って、哺乳瓶に吸いつく。そのさまを、マリクは目を細めて見下ろしていた。

マリクは成獣の柵の中にも、まったく怖気(おじけ)づくことなく入り、バーバリライオンの強烈なじゃれつきにも、余裕で相手をする。ときには調子に乗りすぎたライオンを厳しくしつけることもあって、しっかり主従関係を作っていた。

そんな姿を見ていると、希少な猛獣を飼うに足る財力だけでなく、マリク自身がふさわしい資質を備えているのだと、その強さに尊敬と憧れが湧いた。

一方で仔ライオンに対する無条件の愛情と包容力にも、目を奪われる。こんなふうに守られ慈しまれたら、なんの不安もないだろう。

いつの間にか見惚れていたらしく、目を上げたマリクと視線が合って、どきりとした。

「いや、あのっ……」

「やってみるか？」

「えっ？」

哺乳瓶を渡されて戸惑う鷹志のほうに、マルマルが可愛い唸り声を上げながら寄ってきた。ミルクを吸い上げる力強さが手に伝わってきて、たちまち意識を奪われる。

「うわ、うわー……あ、そんなに慌てるなよ」

「顎を支えてやるといい」

哺乳瓶を空にしてもまだ吸い続けるマルマルを、マリクは抱き上げた。不満げに四肢を動かすマルマルの腹部がポンポンに膨れていて、鷹志はもはやこの愛らしい生き物の虜だった。

「ほら――」

「え？　わっ……」

向かい合う形でマルマルを抱かされ、ふわふわの毛の感触と温かな重みに、戸惑いながらも喜びが勝る。

「げっぷが出るまで抱いててやれ。人間の赤ん坊と同じだ」

「そんなの知らないんですけど」

肩口に乗った頭を覗くと、早くもマルマルは目を閉じかけていた。耳が頬に擦れて擽ったいと首を竦めたとき、身体に似合わない豪快な音がした。

「可愛いー……」

「自分の子どもが欲しくなるだろう。いつでも協力するぞ」

「またその話？　マリクに協力してもらっても意味ないじゃないか。でも……そうだな。ライオンの子が生まれてくるなら、相手をしてやらないこともない」

前に言われたときも思ったのだが、同性だとわかりきっていながら、なぜ誘い文句に子どもが出てくるのだろう。鷹志は子ども好きアピールをした憶えはないし、色っぽい誘いに子どものオプションは不要ではないだろうか。

もしかしたら鷹志が知らないだけで、アラブ系では子作りの面を押すことが、誠意や財力も示す行為になるとか。それをマリクがうっかり同性の鷹志にも適用しているだけなのか。

子どもはさておき、マリクに対して気持ちが傾いている今、こういう言葉遊びには必要以上に揺さぶられてしまうので、自分たちにそういう可能性はないと釘を刺しておく。

マリクに対してっていうより、自分に向けて……かもな。

夕刻近くにライオンの世話を終えて屋敷に戻ると、マリクから封筒を渡された。中には千ディルハム紙幣が十枚以上入っていた。日本円に換算すると約三十万円もの大金だ。

「アルバイト料だ。ああ、観光ビザだから、謝礼ということにしておくか。現金のほうがいいんだろう？」

「こんなに⁉」

かれこれひと月以上の滞在になるが、食費や宿泊費がかからないのはもちろんのこと、ちょっとした買い物もマリクがそばにいると先に払われてしまうので、鷹志の懐はほとんど痛んでいない。

「マントヒヒに盗られた分の何倍も戻ってきたんだけど」

「俺をサルと一緒にするな」

ピントがずれた文句を聞きながら、鷹志はありがたく受け取ることにした。この先も旅を続けることを考えれば、旅費は多すぎるということはないし、遠慮したところでマリクは聞き入れはしないだろう。

鷹志は日本流に封筒を押し頂いて、マリクに礼を言った。

「じゃあ、さっそく買い物に行ってくるよ」

「車を出そう」

「いらないって。リムジンやランクルで行くような、大げさなもんじゃないから」

「小さい車がよければ、ポルシェやマセラティもあるが」

他にも複数の高級車を所有していると知って、驚きながらも納得する。クーフィーヤをなびかせてオープンカーを操るマリクを見たい気もするが、行き先はせいぜい市内のショッピング街だから、MTBのほうが身軽だ。

鷹志の愛車は、門番の詰め所に置かせてもらっている。メンテナンスを兼ねて数日に一度は軽く流しているけれど、たまにはちゃんと相手をしてやりたい。

「MTBで行くよ」

「気をつけろよ」

マルマルが歩き回るのを見守るときのような表情に、鷹志は内心含み笑った。足元がおぼつかない仔ライオンでも、年ごろの女子でもない。これでも世界を回るバックパッカーだ。

夕暮れの風を受けて市の中心へ向かう。クラシックで閑静な佇(たたず)まいから、次第に交通量が増えて近代的な建物と古い建造物が交ざり合う。

まずは大型スーパーで、自転車の消耗品やカメラに使うSDカードなどを求め、下着も購入した。食品フロアは見て回るだけで飽きなくて、興味を引かれるものも多々あったけれど、リュックに収めることを考えて思いとどまる。

あ、カップ麺！

きっとマリクは食べたことがないだろうと思い、話のネタに買い込んだ。

スーパーを出てＭＴＢを漕ぎ出すと、ダハブ市で初めて入ったカフェが見えた。オープンテラスも賑わっていたが、あのときのアニメ好きなウエイターは見当たらないようだ。

思い返せばすごい偶然だと思う。サイード家のことを聞かなかったら、マリクと巡り会うこともなかったのだ。

そうだよ。男の俺が、まさかアラブの王子さまに惹(ひ)かれることになるなんてさ……。

自分の意識の変わりように戸惑ってもいるけれど、こうならなければよかったとは不思議と思わない。

マリクと行動するのは叫び出したいくらい楽しかったり、ときには肝(きも)を冷やしたり、ほんの少し苛ついたりすることもあるけれど、目新しい経験だけでそう感じるのではない。マリクと一緒にいることそのものが、鷹志をときめかせた。

ふと、ショーウインドウの前でＭＴＢを停めた。街中には金をメインとした宝飾店が多い。クラスもピンキリで、それこそ高級車で乗りつけるセレブ相手の店から、旅行者でも気軽に立ち寄れるような店まで。

そこは鷹志でも入店を断られないような店構えだった。ＭＴＢを店先に駐車してロックをかけ、中に入る。店内のディスプレーは商品の価格帯ごとに分かれているようだった。

「プレゼントですか？　それとも自分用？」

民族衣装を模範的に着こなした店員が声をかけてくる。

プレゼント……ていっても、いくらでも最高級品が手に入るだろうしな……。

そう思って、愛想笑いで退店しようとしたのだが、店員は言葉を続けた。

「気持ちを伝えるものですから、値段は関係ありませんよ。あなたの心がプライスレスなんです」

うわ……なんて恥ずかしい台詞……ていうか商売上手。

口元が緩んだ鷹志だったけれど、店員の言葉にも一理あると思わされた。

そうだよ、こっちからのお礼って意味で……それなら安物だっていいじゃないか、気持ちはこもってるんだし。いや、この場合重くならないほうがいいのか。じゃあ、なおさらかまわないってことだよな。

鷹志は頷いて、ショーケースを覗き込んだ。女性にアクセサリーをプレゼントしたことはないし、鷹志自身も装身具を着けないので詳しいところはわからないが、「気軽なプレゼントならこの辺り」とアドバイスを受ける。

「あ、これ……」

目に留まったのは、シンプルな平打ちのリングだった。幅はさほどではないが、輝きが強いというか色が濃く見える。

マリクが指にはめているのは、件のセキュリティ解除用のリングだけだから、このデザインなら重ねてもじゃまにならないだろう。

「こちらですか？　おお、お目が高い！　二十二金ですよ」

「二十二……？」

十八金というのは聞いたことがあるが、それより純度が高いということだろうか。

サイズがわからないのが気になったが、どれかの指には入るという店員の雑な意見に従って、その指輪を買った。

帰り着くとすでに門番は帰宅していて、鷹志は指輪で門を開けてＭＴＢに乗ったまま奥へ進んだ。今日は玄関先へ置かせてもらおうと思っていると、堂々たる玄関の階段下に人影があった。

「マリク？　どうしたんだ？」

「いや、門が開いたようだから……侵入者などあってはまずいと、べつに心配していたわけでは……」

そう答えたマリクはどことなく狼狽えているようでもあり、その一方で安堵しているようにも見えて、鷹志は忍び笑う。気にかけてくれたことがちょっと嬉しい。

「夕食には間に合うように帰るって言っただろ。久しぶりに距離走って腹減った。今日はなに？」

「トルコ料理だと言っていたが……以前、おまえがおかわりをした魚料理があっただろう」

「あ、ギュベッチ（土鍋煮込み）？　美味いんだよ、あれ。マリクはキョフテ（挽き肉料理）ばっかり食べてたけどさ」

夕食を終えて、マルマルを遊ばせて寝かしつけてから、鷹志はリュックを手にマリクの部屋に引き返した。

マリクはバルコニーに面したガラス戸を開けて、佇んでいた。クーフィーヤとトーブが風に揺れている。本当にプライベートでも同じ格好なんだなと、感心するくらいだ。もしかしたら寝るときもそのままなのではないだろうか。

気づいたマリクが振り返った。

「ま、それでもいいか。この格好がいちばん似合うもんな」

「なんだ？　夜這い（よば）いに来たのか？」

「言ってろよ。お土産があるんだ」

鷹志がリュックを掲げると、マリクは手招きしてバルコニーのカウチを示した。部屋の隅に置いたペット用ベッドで眠っているマルマルを、起こさないようにという配慮だろう。

「はい」

リュックから出したカップ麺を手渡すと、マリクは片眉を吊り上げた。

「これは？」

「あ、やっぱ知らないか。日本のインスタント食品。お湯を注いで三分待つと、ラーメンが食べられる」

「便利なものだな。非常食か」

「非常っていうか、日常食だけど。まあ、気が向いたら味見してみて」

すでに鷹志の意識は、次に取り出すものに向いていた。なんだか緊張してくる。カップ麺同様に子どもだましだと思われるだろうか。

いや、それはそれでいいんだけど……でも、感謝の気持ちは受け取ってほしいし——ああもう、さっさと渡そう！

「これも！」

小さな箱をマリクの眼前に突き出す。店員はラッピングしようとしてくれたけれど、気恥ずかしくなって断った。

受け取ったマリクは不思議そうな顔で箱を開け、動きを止めた。じっと見入っているようだ。

「ここで過ごしてて、すごく楽しいからお礼っていうか、ほんの気持ち。マリクなら鼻で笑っちゃうような安物だけど、一応二十二金だって——」

ふいにマリクの腕が伸びて、鷹志は思いきりハグされた。

「ちょっ、マリク……苦しい……」

「すごいサプライズだ。息が止まるかと思った」

「そ、そう……それは、なにより……頼む、緩めて……」

解放されたのもつかの間、マリクに肩を抱かれ、並んでカウチに座らされる。

「さっそく着けさせてもらおう」

マリクは無造作にセキュリティリングを外して、テーブルに放る。転がりかけたそれに、鷹志は慌てて手を伸ばした。

「なくしたらどうすんだよ！」

「そっちならいくらでも作れるからかまわん。どうだ？」

浅黒い肌に、鮮やかな黄金が映える。白一色の衣装にすみれ色の瞳のマリクだが、なんとなく鷹志の抱いたイメージはゴールドだったのだ。

マリクがはめたのは薬指で、しかも手の甲側を見せるものだから、鷹志は芸能人のエンゲージリング披露の光景が浮かんで、口元が緩んだ。いや、選んだものが似合って、嬉しかったのもある。

「ん？　これは……リングじゃないのか？」

マリクは箱の中にもうひとつセットされていた金の輪をつまみ上げた。並んで入っていたから、指輪がふたつに見えたのだろう。

「ああ、それ同じデザインのピアス。セットなんだって。指輪だけでいいって言ったんだけど、それじゃ売れないって。でも、ピアス一個なんだよな。マリク、ピアス空いてたっけ？　まあ、両方持ってて」

店員が言うには、ひとりで両方つけるのもよし、シェアするのもよし、それが恋人ならなおよしとのことだったが、伝える必要はないだろう。

「では、これは鷹志に。ペアだな」

ピアスをつまみ上げたマリクは、鷹志の耳元に当てた。

まさかマリクがその発想をするとは思わなくて、鷹志は焦りながら身を引く。

「おっ……俺、孔空いてないもん。ていうか、ペアって……」

揃いのデザインを身に着けるなんて、どんだけラブラブなんだよという話だ。鷹志とマリクがやっていいことではないだろう。

「孔なんてすぐに空けられる。俺は鷹志にも着けてほしい。きっと似合う」

「そう言われても……」

駄々をこねるようなマリクが意外にも可愛く見えて、記念に空けてもいいかなという気になってきた。これまで装身具を着けなかったのはこだわりがあってのことではなく、単に機会がなかっただけだ。そういったものに金を使うなら、旅行資金を貯めたかった。孔を空けることにも特に抵抗はない。

「わかったよ。じゃあ空ける」

「よし」

マリクは室内に入ると、チェストの抽斗を漁って引き返してきた。その手に注射針が見えて、鷹志はぎょっとする。

「今⁉　マリクがやるの⁉」

「注射針だから簡単だ。針孔にピアスの軸を差し込んでおけば、抜くと自動的に――」

「麻酔とは言わないから！　せめて消毒だけ頼む！」

抜かりなくマリクは消毒綿も用意していて、鷹志が怯む間も与えず、思い切りよく孔を空けた。

そんなふうだったから痛みも一瞬で、呆気ないほど簡単に鷹志の耳朶をピアスが飾っていた。

「よく似合う」

マリクはかつてないほどご機嫌で、鷹志の耳を見つめていたが、ふいに顔を近づけた。舌先が鷹志の耳朶を揺らす。

「血が出てた」

含み笑って小さく覗かせた舌に血の色はなかったから、ほんのちょっとにじんだだけだったのだろう。でも自分の血を舐められたと思うとドキドキしてしまって、それを隠すためにマリクを睨んだ。

「吸血鬼かよ」

夜のサイード邸は、広い庭のあちこちに明かりが灯る。ことに裏庭に面したテラスはプールサイドに続いていて、水が満々と湛えられたプールの水面を照らす。

その光景を発見して以来、鷹志は就寝までの時間をプールサイドのカウチで過ごすのが気に入っていた。

マリクはプールを利用しないらしく、ということは利用者がいないわけで、それはもったいないと、気が向けばひと泳ぎする。今夜も戻る前にそうしようと、鷹志はTシャツを脱ぎ捨てた。

誰に迷惑がかかるわけでもないので、思いきり水しぶきを上げて飛び込む。日が沈むと一気に気温が下がるが、日中温められた水はさほど冷たくなく心地いい。

水面に浮上して、一息に端まで泳いで顔を上げると、サンダルの足があった。トーブの裾が風に翻り、鷹志の位置からはふくらはぎまで見える。

「風邪ひくなよ」

「すっきりして気持ちいいよ。マリクは入らないのか？　あ、もしかしてカナヅチだったりして」

「なんとでも言え」

あれっ、マジだとか？　いや、まさか。

ふいにいたずら心が頭をもたげて、鷹志はマリクに向かって両手を伸ばした。案の定、マリクは引き上げてくれと言われたと思ったのだろう、鷹志の手を握る。温もりを嬉しく感じながら、鷹志は思いきり体重をかけた。

「おいっ……」

マリクはわずかに前傾して目を瞠る。それでもかまわずに、引っ張るように水中を後ずさった。

「わ……強っ……」

鷹志では錘が不足なのか、それともマリクの膂力が強靱なのか、反発する力が拮抗する。すでに鷹志の思惑は割れているようだが、マリクもこの力比べを楽しんでいた。

「わっ、わわ……っ」

急にそれまで以上の力を発して、マリクが鷹志を引き上げる。水から爪先が離れるに至って、鷹志は声を上げた。

「なになになに⁉」

腕の力だけで引き上げられると逆に恐ろしくもあり、鷹志は思わず身を捩った。さすがに暴れる男ひとり分の重さと力は大きかったと見え、マリクの足元がふらつく。共倒れという言葉が鷹志の頭を過ったとき、マリクの腕が鷹志を包んだ。

プールサイドに倒れ込んだ衝撃に息を詰める。しかし激しい痛みはほとんどなかった。それというのも、後ろ向きに倒れたマリクをクッションにしたからだろう。

って、本人は⁉

鷹志はすぐに飛び起きて、仰向けに横たわるマリクを見つめた。目を閉じて動かない。濡れたトーブの裾が膝までまくれ上がっているのも、まったく気にしていない。

「……マリク？　マリク！」

目を走らせるが、クーフィーヤに血がにじみ出しているとか、手足が妙な方向に曲がっているとかはないようだ。しかし頭を打っているかもしれない。揺らしたらまずいだろうか。

「マリク？　どうしよう……あ、エドに電話――」

カウチに向かおうと立ち上がりかけた鷹志の腕がふいに掴まれ、叫びそうになる。しかしその温もりには憶えがあった。振り返ると、やはり腕を握っているのはマリクの手だった。

「マリク！　だいじょうぶか？　俺がわかる？　目、開けられる？」

「俺は白雪姫（しらゆきひめ）だ……」

「……は？　なに言ってんの？」

言い返している途中で、鷹志は安堵のあまり力が抜けた。感触でそれに気づいたのか、マリクは目を閉じたまま手を引いて、鷹志を自分の胸の上に引き寄せた。顔が近づく。

「白雪姫は王子のキスで目を覚ますんだ」

「……ふざけんなよ。こっちのほうが息が止まりそうだった」

低い笑いを洩らして口端が上がる。項を抱かれる。

ああ……だめだ……もう手遅れだ……。

鷹志は自分からマリクにキスをした。それこそ白雪姫を目覚めさせる王子のキスのように、そっと唇を触れ合わせるだけで離れようとしたのに、項を抱く手にぐいと引き寄せられ、深く唇が重なった。

「んっ……」

慌てて起こそうとした背中を抱かれ、唇を押し開かれ、舌を巻きとられる。

こ、こんなはずでは……マジか。マジでマリクとキス……。

この状況で、人違いだなんて思えるはずもない。そもそもキスを仕掛けたのは鷹志のほうなのだから、間違えたりしない。今の鷹志が、マリク以外とキスなんてするものか。

ちなみに鷹志はキスだけでなくひととおりの経験があるが、こんなに巧みなキスは初めてだった。相手が男でかなりのプレイボーイらしいのを差し引いても、翻弄される。そして、ぞくぞくするほど気持ちがいい。角度が変わると、さらにキスが深く濃くなる。

息苦しくなるまで舌や喉奥を弄ばれ、酸欠寸前で解放されてはまた深く唇が重なるのを繰り返されながら、いつしか上下が逆転していた。

ようやく唇が離れて、喘ぎながらぼんやりと目を開くと、シュマグに覆われた視界いっぱいにマリクの顔があった。造作自体は端整この上ない容貌が、今はむせ返るほど男っぽい色気に彩られていた。

……いや、なんの匂い？　香水？　マリクつけてたっけ……？

かなりしっかりと香っているのに、少しも嫌な感じがしない。むしろ顔を押しつけて、思いきり嗅ぎたいくらいだ。

実際、鷹志は行動に移しかけていたらしく、マリクの肩に回していた腕に力を込めて、顔を近づけようとした。またキスをねだっているように思われるかもしれなかったけれど、どうでもいい。というか、キスもしたい。

が、遠くライオンの唸り声がした。その瞬間、マリクが緊張して身を起こす。クーフィーヤのバリアを失った鷹志は、自分が屋外のプールサイドにいるのを思い出した。寸前までのあられもないあれやこれやが蘇(よみがえ)って、這うようにマリクの下から抜け出す。

マリクは鋭い眼差しで飼育場の方角を睨んでいた。

「あの……ライオンがどうかした?」

すでにもう声は聞こえなかったし、夜間も飼育員が泊まり込んでいるから、心配するようなことはないだろう。必要があれば連絡が入る。

「いや──」

マリクは振り返ると、鷹志を抱き寄せた。しかし続きがないのは、雰囲気でわかる。それは鷹志にとってもほっとするところだった。これ以上はマズい。暴走して止まらない予感がある。

「鷹志がいい匂いをさせるから、奴らもそわそわしたんだろう。誰が渡すか」

……は? いい匂いなのはマリクのほうだろ? だいたいライオンにまで匂いが届くのかよ?

数日後、別のメスライオンの出産が迫り、マリクは飼育員とともに産室用の小部屋に詰めていた。

鷹志はマルマルの子守りを任されたが、出産が気にかかったので、午後からはマリクの私室ではなく庭の芝生の上でマルマルの相手をしていた。

「逆子なんだってさ。出産っていろいろあるんだな。おまえは無事に生まれてきてよかったよ。まあ、ママはちょっとサボり気味だったけど。でも、マリクが立派に育ててくれるから心配ないぞ」

鷹志はそう話しかけるが、マルマルはまったく聞いていないようだ。だいぶ乳歯が伸びてきたのでムズムズするのか、鷹志の指を齧るのに夢中だ。

「俺の指はごはんじゃないぞー」

幼獣が肉を食べ始めるのは生後三か月を過ぎるころだが、もう本能が働いているのだろうか。

そのとき、門のほうから白いバンが走ってきた。獣医師を呼ぶと言っていたのを思い出す。

バンは芝生の前を通り過ぎたかと思うと、停まってバックしてきた。助手席からサングラスに作業着を着た男が降り立って近づいてくる。

「獣医さん？　飼育場はあっちですよ」

「ん？　ああ、今から行くところだ。カワイ子ちゃんがいたんで、つい寄り道してしまった」

のんきだな。早く行けばいいのに。でも、それほど深刻じゃないならよかった。

獣医は鷹志が抱くマルマルを見下ろして、手袋をはめた手を伸ばす。

「この子もバーバリライオンか？」

「ここにいるのはみんなそうです」

「可愛いな。抱かせてくれ」

我が子を褒められて悪い気がしない親のように、鷹志はマルマルを獣医の手に渡す。見知らぬ人間に抱かれたせいか、仔ライオンは嫌がるように身を捩った。

あれ……？　呼ばれた獣医なのに、ここにバーバリライオンしかいないのを知らないのか？

それに、医療用でもない手袋――。

鷹志が疑問を覚えたとき、獣医は仔ライオンを抱いたまま身を翻した。

「えっ⁉　ちょっと、待って！」

獣医が助手席に飛び乗ると、車は駆け寄る鷹志を追い払うように激しくUターンし、タイヤを軋(きし)ませて門へ向かった。

獣医じゃなかったのか⁉　どうしよう……どうしようじゃない！　取り戻す一択だ！

鷹志は門へ走り、門番に叫んだ。

「ハサン！　俺のＭＴＢ！」

門番のハサンが詰め所のドアを開けたので、鷹志はＭＴＢを運び出す。

「なんだい、さっきのバンは。スピード出しすぎじゃないか。ライオンになにかあったのか？」

事情を知らないハサンはのんきに門の外を見ているが、獣医師が出入りすると聞いていて、門を開放していたのだろうから、彼に罪はない。ざっとコンディションを確認して、鷹志は自転車を跨いだ。

「マルマルが連れてかれた！　どっち行った？　俺、追いかけるから！」

「ええっ？　み、右に……自転車でなんて無理だろ、マスターに報告して——」

「ハサンが言っといて！　とにかく行くから！」

鷹志は一気にペダルを漕いだ。

この一帯はサイード邸をピークとして丘陵地帯になっているので、なだらかな下り坂を点々と走る車の中に、それらしい一台を見つけた。

己を鼓舞するようにそう呟いて、ひたすら追跡した。坂を下りきった辺りで距離を詰め、銃があれば確実に射程距離に入ったと思われたが、その後再び上り坂が始まった。

どんどん引き離されていく。必死にペダルを漕ぎすぎて、太腿がつりそうなくらい痛い。しかし足を緩める気にはなれなかった。

額から流れ落ちる汗が目に染みて、思いきり頭を振ったとき、夕日に照らされるはるか前方でカーブに差しかかったバンに、対向車の大型トレーラーが大きくコーナーをはみ出して迫った。

急ブレーキ音が鳴り響き、続いて激しい衝突音がした。

嘘！　ぶつかった⁉

しかしトレーラーはクラクションを鳴らしながら、なにごともなかったかのように走行している。その巨体が目の前を通り過ぎてから、鷹志は我に返ってカーブに向かった。

カーブの外側は深い崖のようになっていて、標高が上がっている分、谷底まで急斜面が続いている。ガードレールはなく、階段一段分ほど高くなっているだけだ。

バンの前輪はそれを乗り越えていて、かろうじて後輪で引っかかっていた。血相を変えて坂を上る鷹志の目に、車のドアが開いて、そこから転がるように出てくる人影が映った。

あっ……！

サングラスはしていないが、先ほどマルマルを奪った男だろう。その腕に仔ライオンが抱かれているのを見て、鷹志は逆上した。

マルマルを盗んだうえに、こんな危ない目に遭わせて……マルマル、無事か？　けがしてないか？

男は道路へ這い上がろうとしたが、どこか痛めたのか、反り返るように倒れ込んだ。その腕から仔ライオンが放り出される。

「マルマルっ……！」

もう現場は目前で、鷹志はＭＴＢを乗り捨て、道路を飛び越えた。思った以上に傾斜は急で、手をつきながらでないと進めない。

男は車のそばで仰向けに倒れていたが、意識はあるようだ。それだけ確認すると、鷹志は視線を下に向けた。

ごつごつした岩がいくつも張り出した崖のはるか下方に、蹲る小さな姿を見つけた。

「……マルマルっ！」

鷹志の声を判別したのか、マルマルが叫ぶように鳴き出した。大声を上げられることにほっとすると同時に、あんな声を聞くのがたまらなくなって、鷹志は後先を考えずに崖を下り始めた。

「マルマル、すぐ行くからな。そこでじっとしてるんだぞ」

マルマルがいる場所は岩が平らにせり出していて、そのまま動かなければ無事でいられそうだが、踏み外したらさらに下へ転がり落ちてしまう。崖は下へ行くほど険しいのか、マルマルがいる場所より下は目視できない。ほぼ垂直なのかもしれない。

マルマルは鷹志を認めたらしく、つんざくような鳴き声を上げ続ける。

ごめんな、俺が油断したせいでこんな目に遭ったのに、頼ってくれてるんだよな。絶対助けるから。

途中で摑んだ岩がぼろぼろと崩れて、何度も肝を冷やした。マルマルを驚かしてはいけないと、落石がいかないようにルートをずらしたせいでよけいに時間がかかったが、どうにか辿り着いた。

「マルマル！　けがしてないか？」

岩の上に足を乗せ、マルマルを抱き上げたところで足下が崩れた。見た目よりも脆い岩は、鷹志の重さを支えきれなかったらしい。

「うわああっ……！」

己のうかつさを呪いながら、それでもしっかりと仔ライオンを胸に抱き包む。何度か背中や肩をぶつけたが、奈落（ならく）の底に転がり落ちるのも覚悟していたわりに、すぐに落下は止まった。

「にゃう！」

マルマルの声に顔を上げると、鷹志はV字の谷底のような場所にいるらしい。マルマルがいた岩の残骸は、頭上数メートルのところだった。救出した時点で、ほぼ谷底に近い位置だったということか。

「マルマル、だいじょうぶか、おまえ。肢もちゃんと動く？」

抱き上げて目線を合わせると、マルマルはぐるぐると喉を鳴らして、頭を擦りつけてくる。

「そっか、よかった……て言っていいのかな……」

あの岩までなら下りてこられたくらいだから、なんとか戻れたかもしれないが、ラスト数メートルがほぼ垂直の岩の壁なのだ。鷹志は上を見上げて困惑の息をついた。

ふと思い出して尻ポケットからスマートフォンを取り出したが、あちこちぶつかったせいか画面に派手な亀裂が入り、ボタンを押しても反応しない。

「マジかー……」

鷹志はマルマルを抱いたまましゃがみ込んだ。あとは救助を待つしかないが、果たしていつになることだろう。門番からの報告をマリクが聞いたとして、場所まで特定するのはむずかしい。

乗り捨てたＭＴＢを見つけてくれればいいけれど、誰かに持ち去られたりしたら――。

マルマルが鷹志の頬をしきりと舐める。初めは慰めてくれているのかと思ったが、少しずつ位置を変えていくのに気づいた。

「もしかして、喉渇いてる？」

鷹志の汗を舐めているのではないだろうか。いきなり見知らぬ人間に連れ去られて緊張もしただろうし、先ほどまで鳴きどおしだったのだ。

鷹志も渇きを覚えたが、今は自分どころではない。しかし、なにも持っていないのだ。

これが日本や他国の谷底なら、沢や湧き水も期待できるが、砂漠の国だ。それでも首を伸ばして辺りを見回していると、遠くからヘリコプターの飛行音が聞こえた。次第に大きくなる音に、鷹志は上空を見上げる。

……ワンチャンあるか⁉

細長く切り取られたような空に、予想よりもかなり低い位置から機影が覗いた。この距離なら合図を送れば目に留まるかもしれないと、鷹志は夢中で片手を振り回した。するとヘリはホバリングを始め、鷹志に返事をするようにライトを点滅させた。

「マルマル！　やった！　助かるぞ！」

しかしさすがに谷底にはヘリが着陸できるほどのスペースはない。それでもここに鷹志たちがいると気づいてもらえれば、救出は確実だ。

ヘリから吹きつける風に砂埃が舞う中、必死に目を凝らしていると、ふいに機体が夕日を弾いた。ドアが開いたのだ。

えっ⁉　まさか降下する？

驚く鷹志の目に、ドア口ではためく白い布が映った。あれはトーブとクーフィーヤだ。まさか——。

「……マリク！」

ほぼシルエットで、しかも風を孕(はら)んで輪郭も判然としないけれど、マリクに間違いない。さすがはセレブで、マルマル捜索のためにヘリを飛ばしたのだろう。マリク本人が搭乗しているのは予想外だったけれど。

……いや、マリクなら自分で動くか。大事なバーバリライオンのためだもんな。

やがてロープが垂らされたのを見て、鷹志はぎょっとした。なんの変哲もないただのロープなのだ。

ヘリコプターから降下する方法はいくつかあって、ホイストという機械で吊り下げたり、ロープにカラビナをつけて摩擦を利用したりするラペリング(懸垂下降)などがあるが、マリクがやろうとしているのは、自分の手足の力だけで下降するファストロープに違いない。

むちゃだろ！　軍人でもないのに！

しかしマリクは躊躇うそぶりもなくロープを摑むと、一気にヘリから飛び出した。鷹志は一瞬目を閉じてしまったが、マリクはロープを足で挟み、確実に下降している。強い風が巻き起こって、ロープも大きく揺れるが、まったく危なげない。

すごい……すごいよ、マリク……カッコよすぎるだろ……。

谷底には大小の岩が堆積しているので、着地場所は鷹志がいるところから岩の小山を挟んだ向こう側になるようだ。鷹志からは地面が直接目視できないが、おそらく地上まで残り十メートルほどだ。

なびくクーフィーヤの陰からマリクの顔が見えて、ふと目が合った。次の瞬間、マリクの姿が消える——。

「え……？　マリク⁉」

ロープだけが所在なく揺れているのを見て、鷹志は心臓を鷲摑み（わしづか）にされたような衝撃を受けた。

なに⁉　どういうこと⁉　飛び降りたのか？　でも、まだ十メートル近くあって……じゃあ、落ちた⁉　俺のせい？　目が合ったから——。

動転して立ち尽くしていた鷹志だったが、とにかくマリクの無事を確認するのだと、マルマルを抱えたまま岩山に向かって走った。

「マリク！　だいじょうぶか⁉　今、そっちに行くからな！」

そう叫んで、乗り越えられそうな場所を探す。しかし思いのほか、登れそうなところが見つからない。両手が使えれば別なのだが、マルマルを手放す気になれなかった。

どこだ……どこから登れば……。

呼びかけにマリクの返答がないことも、鷹志の焦りを強める。

ふいに腕の中のマルマルが小さく唸った。

「え？　どうし――」

ふと思い浮かんだのは、砂漠で遭遇したサソリだった。しかし神経を尖らせた鷹志は、それよりもはるかに大きな生き物の気配を、背後に感じた。マルマルは相変わらず唸っている。間違いない、なにかいる。鷹志が騒いだせいで、野生動物を呼び寄せてしまったのだろうか。振り返るのが恐ろしくもあったが、確かめないわけにもいかない。マルマルを守るためだ。

未知の生き物を刺激しないように、鷹志はことさらゆっくりと振り返った。

日が沈みかけ、さらに日陰で薄暗い谷底で、わずかな光を何倍にも増幅するように、きらきらと輝く金色のタテガミ――。

「……あ……」

このひと月余りで、バーバリライオンの大きさは見慣れたつもりでいたが、それよりもさらに堂々とした体軀の――。

「……おまえ……あのときの……」

間違いない。ナツメヤシの畑で出会った、あのバーバリライオンだ。探しても見つからなかったのに、どうしてこんなところにいるのだろう。

驚きのあまり、鷹志はまたしても野生動物と目を合わせてはいけないというルールを破って、ライオンと見つめ合っていた。しかし、まったく恐れは感じなかった。再会を願っていた相手に会えたという喜びもあったけれど、ライオンの双眸がどうしてだかとても頼もしく感じられたのだ。

マリクに似てる……。

バーバリライオンたちの主として君臨するマリクと、ひときわ見事な姿のこのライオンのイメージが重なったのだろうか。

腕の中のマルマルが暴れて、鷹志は我に返った。やはりマルマルを抱いたままマリクを探すのは無理だ。しかしマルマルを残して行けない。ましてや他のライオンがいるのに——と、鷹志は再び顔を上げた。

金色のタテガミのライオンと、まっすぐ目が合う。鷹志は思わず話しかけていた。

「頼む。この子、見ててくれる……？　俺、どうしても向こう側で人探しがしたいんだ。大事な……人なんだよ」

ライオンは鷹志の言葉を聞き取ったかのように、ゆっくりと近づいてきた。

現実的に考えれば、野生のオスのライオンが初対面の仔ライオンに友好的な行動するはずがない。しかしこのライオンは信用できると、なんの根拠もなく直感で思った。

それでも用心しながら、マルマルをそっと地面に下ろす。息を殺して見守る鷹志と、なにも考えていないかのように地面の匂いを嗅いでいるマルマルを相手に、ライオンはまったく動じなかった。

落石ででこぼこの地面を、マルマルはちょこまかとライオンに近づいていった。足元で立ち止まったマルマルを、ライオンは大きな舌で舐める。

敵視どころか慈しむようなそのしぐさに、鷹志は心から安堵した。

「よかった……ありがと、また助けてもらうな。俺のこと、憶えてるか？」

鷹志に視線を向けたライオンの姿が、ふいにぼやけた。今さら汗が目に染みたのかと、鷹志は何度も目を瞬く。そこに——ライオンではなく、マリクが立っていた。

「忘れるものか」

鷹志は息をするのも忘れてマリクを凝視した後、はっとして辺りを見回す。しかしライオンの姿はない。

「……なに？　どういうこと？」

まったく事態が呑み込めない鷹志の前で、マリクはクーフィーヤを取り去った。これまで一度も外すことがなく、鷹志はマリクの髪型も知らなかった。褐色で緩い癖がある髪は、アラブ人にしては長めだろうか。ワイルドさを加味してマリクに似合っていたが、淡い黄褐色の毛に覆われた動物の耳が、髪の間から覗いているのには驚愕した。

「……なに、それ!?」

ほどなくして、夕闇をものともせずレンジャー部隊よろしく崖をロープで下りてきたのは、非番のはずの飼育員であるエドとサイモンだった。

ふたりはてきぱきとマルマルと鷹志を回収しようとしたが、エドは鷹志に手を伸ばしたところでマリクに払いのけられ、肩を竦めて単身でロープを登っていった。当然のようにマリクは鷹志の腰を抱いて、ロープを操った。

「だいじょうぶなのか？　さっきだってロープから落ちたんじゃ……」

「落ちていない。一刻も早く迎えに行きたかったから、飛び降りたんだ」

「あ……そ」

仔ライオン強奪犯の男たちの姿はすでになく、警察がバンの移送作業を指示する横を通り過ぎて、全員で黒いワンボックスカーに乗り込んだ。鷹志のＭＴＢも先に積まれていた。

水をもらったマルマルは、夢中で器に鼻先を突っ込んでいる。それを見ながら、鷹志もペットボトルの水を口にした。全身に染み込んで、目が覚めるようだ。しかし頭のほうは依然として混乱したままだったけれど。

「どうして降下途中で飛び降りたりするんですか。残り十メートルが待てないなんて……しかもライオンの姿で着地したでしょう。崖の上から見られて、また写真撮られたかもしれませんよ」

助手席のサイモンが振り返って嘆息する。それに対して、マリクは肩を竦めただけだった。

ええと……ということは、ふたりともマリクがライオンだって知ってる？　ていうか、やっぱりあれは本物だったのか？

鷹志はボトルを傾けるふりで、隣に座るマリクを盗み見た。すでにクーフィーヤを被り直しているが、あの下にはライオンの耳がある、はずだ。

しかし人間がライオンに変身するなんて、現実にあるのだろうか。目にした今となっても、信じられない。崖に落ちて脱出不可能となったパニックが見せた夢だったのではないかと思ってしまう。

ちゃんと訊くべきだよな。マリクはライオンなのか、って？　それもなんだか……ていうか、笑い飛ばされたらどうしたらいい？　やっぱり落ちたときに頭打ったのかな？　それなら早く病院に行ったほうがいいよな。

けっきょくなにも訊けないまま、車はサイード邸の門を潜った。

玄関前でマリクと鷹志は降ろされる。

「ああ、そうだ。オスが生まれたよ」

エドの言葉に、鷹志は歓声を上げた。

「よかった！　ママも元気？」

「ベテランだし、余裕で自然分娩だったって。明日でも見に来るといい。マルマルは念のため健康チェックするから、今日は預かるな」

どういうわけかエドはマリクにウインクをして、ウインドウを閉じた。走っていくワンボックスカーを見送っていると、マリクに手を握られた。はっとして振り返り、目が合って戸惑う。

「いつまでそうしている。入るぞ」

その指には鷹志が贈ったリングが光っていて、やはり本物のマリクなのだと思うとともに、胸が騒いだ。

「あ……泥だらけだから！　シャワー浴びるね。助けに来てくれてありがと！」

マリクを置いて階段を駆け上がり、自室に飛び込んで息をついた。

助けに来てくれたんだ……ずっと隠してたのに、そのためにライオンになって……？

なぜライオンに変身できるのかはさっぱり不明だけれど、そうと知られないように生活してきたのだろう。サイモンが諫(いさ)めたことからも、トップシークレットなのだと想像がつく。

忘れるものか、という言葉を思い出し、胸が震える。鷹志はあのライオンに再会できたのだと思ってそう言ったのだが、マリクは鷹志がこの家を訪れたときから、そうと気づいていたのだろうか。

その後、写真を見て確信したとしても、あえて正体を明かす必要はなかったはずだ。事故現場に駆けつけたときも、そのままライオンの姿でしらを切れただろう。

俺に見せてくれた……ってことかな……。

鷹志がずっと会いたがっていたから。

いや、一刻も早くマルマルのもとに駆けつけるためだったはずだ。飛び降りたはいいけれど、人間の姿で着地はきびしいから、ライオンになって――鷹志が警戒してマルマルを委ねようとしなかったら意味がない。だから納得させるために、人間の姿になってみせた――?

服を脱ぎながら室内を歩き回り、混乱する頭でそこまで考えた鷹志は、全裸でバスルームに立ってカランを捻った。勢いよく顔に降りかかるシャワーの中で、はっと目を見開く。

正体を見せたのは、最後だからなのか……?

鷹志を追い出してしまえば、マリクがライオンだなんて噂が流れるのを避けられるだろう。いや、鷹志は言いふらす気なんて全然ないけれど、そこまでマリクが信用してくれているとは言いきれない。

いずれにしても、厚意に甘えて滞在するには長すぎた。あえて理由をつけなくても退去を促されれば、鷹志に拒否権はない。

そりゃあ……俺だってずっといられるなんて思ってないけど……。

それがわかっていたからこそ、だんだんマリクに惹かれていく自分を、必死にとどまらせようとしていたのだ。

だいたいマリクに恋をしても、ハッピーエンドなんてありえない。王族レベルのセレブで、戒律上同性愛はご法度で、そのうえライオンになれちゃう超人で。

そんなふうにどんな面を知ろうとも、マリクに対する気持ちが変わらない。自分でも不思議なくらいだ。

しかし障害があろうと、鷹志がいくら想っていようと、それ以前にマリクの気持ちがどうなのかはわからない。まったく相手にされていないとも思わないけれど、それこそ過去のアプローチを振り返る限り、軽い戯れという気がする。恋愛ごっこを楽しもう、的な。あるいは、鷹志を落とすことそのものを楽しんでいるとか。行きずりの旅行者である鷹志なら、後腐れなくて適任だ。

鷹志はシャワーを止めて、髪を掻き上げた。その拍子に、耳朶のピアスが引っかかる。

「痛てっ……」

ささやかな痛み。胸のほうがよほど痛い。わけもなく目頭が熱くなって、鷹志は両手で顔を覆った。


そんな気分を味わいながらも腹は減るもので、Tシャツとハーフパンツに着替えた鷹志は、所蔵のカップ麺を片手に、階下のダイニングに向かった。

考えてみれば、夕食の時間を過ぎている。ふだんなら間に軽食を取ったりするが、今日は庭でマルマルの相手をしていたので、それもなかった。

マリクの分もいるかな？

顔を合わせるきっかけにはなるだろうか。できれば会わずに別れたい気もするけれど、ちゃんと挨拶をしなければ、いくらなんでも義理が立たない。

……違うな。ほんとは――。

ふとテーブルに目を向けると、四角い塗りの箱がふたつ並んでいた。仕出し弁当のようなあれだ。

そういえば、出産が何時までかかるかわからないから、夕食は作り置きでいいと、マリクがメイドに言っていたのを思い出した。給仕の必要がない分早く帰れるから、メイドも張り切ったのだろうか。

鷹志がそっとふたを開けると、中身もまるで和食弁当だった。筑前煮（ちくぜんに）やてんぷら、ブリの照り焼き、だし巻き卵まである。白米の上には、ご丁寧に梅干しまで載っていた。

「うわ、本格的……」

ふたつあるということは、マリクはまだ食べていないのだろうと、鷹志は弁当箱を持って二階に上がった。

「マリク？　夕食持ってきたけど、入っていい？」

返事がないのでそっとドアを開けると、バルコニーに人影があった。白いクーフィーヤにトーブ――と思ったが、膝下が露出している。フード付きのバスローブのようだ。

あれっ、まずいかな……でも、今さらだし……。

それに気配に気づいたようで、というか声をかけた段階でわかっていたらしく、ゆっくりと振り返った。弾みでフードが落ち、頭部が露わになった。やはり薄茶の耳がある。角度のせいか、谷底で見たときよりもはっきりとわかる。

……うん、それでもカッコいいよ。いや、倍増しだ。

鷹志は両手で弁当箱を掲げて見せ、微笑んだ。

「夕飯はジャパニーズベントーだったよ。そっちで食べる？」

吸い物はなかったが、甘くないお茶のペットボトルが用意されていたので、それもバルコニーのテーブルに置いた。

「鷹志――」

「ん？　早く食べようよ。腹減っちゃった」

ソファに座ってふたを取ろうとすると、マリクの手がそれを止めた。目を上げると、待ち構えていたすみれ色の双眸と視線が合う。

ああ……やっぱり好きだ。顔も好きだし、目の色もきれいだし、うん、声もいい。耳だって撫でたいくらいキュートだ。

密かに鼓動を高鳴らせる鷹志を、マリクはじっと見つめる。

「訊きたいことがあるんじゃないか？　言いたいこととか」

「いや、べつに……」

「べってことはないだろう！　これを見てなんとも思わないのか？」

マリクの声のボリュームが大きくなった。そんなに鷹志の反応が意外だったのだろうか。

「耳のことなら特に。ていうか、さっきまるっとライオンになってたじゃないか。今さらだろ」

マリクは目を瞠って鷹志を凝視する。

「そういうものか……」

「たぶんね。少なくとも俺は知る前と後で、見方が変わった気はしないんだよな」

マリクはその言葉を咀嚼するように頷いてから、小さく息をついた。

「まあ、パニックを起こされるよりはいいが……逆にあまり関心がないようにも思えるな」

「そんなことないよ。すごく気になる」

鷹志が言い返すと、マリクは口端を上げてテーブルを指した。

「それより腹ごしらえだろう？　わかった、食べながら話そう」

そのほうが俺も気楽だ——と、呟きが続いた。

「絶滅危惧種というのはわかるな？」

「もちろん。パンダとかトラとか……バーバリライオンもそうだろ？　あ、一度絶滅したと思われてたんだっけ」

弁当よりは話を優先しようと思っていたのだが、一度箸をつけると止まらなかった。マリクも同様だったようで、たびたび言葉を途切れさせては、箸を口に運ぶ。

近年、絶滅危惧種を中心として、進化種と呼ばれる個体が誕生している。彼らの最大の特徴は、人の姿に変われること。さらに、なんと人間との間に子を生すことも可能だという。

鷹志は絶句して、ペットボトルのお茶を飲んだ。人間がライオンの姿になるなどただごとではないと思ってはいたけれど、事実は鷹志の想像をはるかに超えていた。マリクの説明のとおりなら、人がライオンになったのではなく、ライオンが人の姿をとったということか。

「……なるほど。それで耳はそのまんまってことか」

「張り合いがないくらい平然としているな」

「や、びっくりしすぎて反応できないんだよ。正直なところまだ呑み込めてないし……でも、だからなにが変わるんだっていう気もする……」

進化種は幼獣期に人の姿を取れるようになると聞いて、無事に育つのだろうかと気になった。ふつうのライオンだったマルマルでさえ育児放棄されたくらいなのに、姿が変わる子どもなんて、母親には衝撃以外のなにものでもないだろう。

「それを言うなら、当の進化種だって戸惑う。いきなり自分の姿が変わるんだからな。だから人間とのコミュニケーションをスムーズにするためか、言語能力にも長けている。たいていの言語は覚えずとも使える」

それを聞いて鷹志はふと思い出した。

「あっ、さっき！　ライオンのとき！　俺、日本語で話しかけたのに、人の姿に戻ったら日本語で答えたよな？」

　忘れるものか——と。

　また胸が痛くなって、それをごまかすように鷹志はマリクを軽く睨んだ。

「……なんだよ。こっちは慣れない英語を必死に喋ってたのに、こっそり笑ってたんだろ」

「いや、充分理解できたぞ。それに、厳密には言葉を理解しているのではないかもしれない。そこに込められた気持ちを汲み取り、こちらも伝えようとしているという感覚だな。話を戻すが、進化種が発見されるのはたいてい幼獣期で、彼らは保護研究機関に収容される。エドとサイモンもそこのスタッフだ」

　いち早く進化種の存在を知ったメンバーが組織を作り、そこに世界中の篤志家が賛同して寄付をし、秘密裏に今や各国に関連施設があるのだという。進化種自身を守ることを第一に、種の存続に関わるサポートをしているらしい。

「あ、じゃあ、ここの飼育場も？」

「いや、機関の手を借りるまでもない。と言いたいところだが、血統が偏る懸念があるからな。進化種が生まれたときには、機関に託せるように繋がりは持っている」

　わかったような、わからないような。まあ、鷹志に直接関係はないので、理解できなくても問題はない。

マリクが進化種という存在だとわかっただけでいい。それすらも、自分の想いには影響がないと感じる。

いつの間にか平らげてしまった弁当にふたをして、鷹志はマリクを見つめた。

「マリクはバーバリライオンの飼い主っていうより、ボスみたいな感じがしてたんだけど、ある意味正解だったな」

「ああ、たしかにそれが近いかもしれない」

あの豪奢といってもいいライオンが目の前のイケメンだなんて、マリクに対するポイントは上がる一方だ。こんなに好きにさせてなんの魂胆だよ、と憎らしくなる。

「……あの、頼みがあるんだけど……」

ペットボトルのお茶を飲み干したマリクは、笑みを浮かべて頷いた。

「鷹志からなんて珍しいな。遠慮せずになんでも言うといい」

「ライオンになって」

マリクはわずかに目を瞠ると、微笑んだまま立ち上った。宵闇を淡く照らす明かりの中で、白いバスローブの輪郭がぼやけていく。やはり自分の目がどうかしたように感じて、鷹志が瞬きを繰り返すと、何度目かのときにライオンが姿を現した。

大きくて、キラキラと輝いていて、美しい。百獣の王の名にふさわしい威容に、鷹志はしばし息をするのも忘れて見入った。

ライオンが問いかけるように鷹志を見る。その瞳がすみれ色をしていることに、初めて気づいた。

ああ、マリクだ……。

鷹志はゆっくり立ち上って、ライオン——マリクに近づく。

「触っていい？」

わずかに頭を寄せてきたのを返事と受け取って、鷹志は豊かな金色のタテガミに手を伸ばした。

成獣のバーバリライオンに触れたことはないけれど、想像していたよりもずっと柔らかくて指どおりがいい。

「さすがセレブはお手入れ万全だな」

心地よい手触りにどこまでも手が伸びて、気づけば思いきりマリクをハグしていた。タテガミに顔を埋め、深く息を吸い込むと、お日さまの匂いがする。

ふだんのマリクにこんなふうに触れるのは躊躇われるので、その分も気持ちを込めて抱きつく。

ライオンだろうと人間だろうと、マリクが好きなのだ。

ふいに腕の中の体積と形が変わっていく。頬に押し当てていたタテガミの感触が消えていく。

「あっ……？」

抱き返されて、背中がバルコニーの床に押しつけられ、ひんやりとした感触が伝わった。目の前に人の姿をしたマリクがいると思った瞬間、啄（ついば）むようなキスをされた。さらにマリクの唇は、鷹志の首筋に押しつけられる。唇が触れているところから急速に熱が上がって、全身に広がっていく。

　柔らかく噛まれ、その痕を舌で舐められた。キスは二度目だけれど、明らかにセクシャルな意図を感じる行為に、鷹志は狼狽えた。

「ちょっ……、マリク、それは――」

「違うなんて言わせない」

　すぐ近くから、すみれ色の瞳が鷹志を見据えた。いつもと同じマリクの瞳だけれど、尊大さの代わりにすがるような必死さが窺える気がして、鷹志はますます焦った。

　……そんな目で見るなよ。俺……っ……。

「こんなにいい匂いをさせて……おまえだって俺が欲しいだろう？」

「匂い？　匂いってなんだよ？　おっ、俺はシャワー浴びたばかりだし……それを言うならマリクのほうがずっと――」

　後半の直截な言葉も気になったが、つい匂いのほうに食いついてしまった。臭かったなら、しかもそれをマリクに指摘されたのだとしたら、少なからずショックだ。

「俺の匂いを感じてたのか？　ならばますます放せない。互いに惹かれ合っている証拠だ」

「……惹かれ、合って……？」

　マリクも？　本当に？

「そんなに驚くようなことか？　俺はずっと前からそう伝えていたつもりだが。――どうやらいったん中断のようだな。気持ちを疑われたままなんて心外だ」

マリクはそう言って鷹志の手を取り、起き上がらせると室内に移動した。並んで腰を下ろしたのは巨大なベッドで、しかし鷹志にそれを気にする余裕はなく、頭の中はマリクの言葉で埋め尽くされていた。

「ちょっと待って、気持ちって……互いにって……俺はマジで好きだけど、マリクは違うだろ。いきなり部屋に忍び込んできて、やることやろうとしたじゃないか。嫌いとは言わないけど、その程度ってことだよな？　あいにく俺は苦しくなるくらい――」

混乱するあまり、己の本心まで洩らしてしまった鷹志に、マリクは強くハグしてきた。

「ちゃんと話をしようとしてるのに、俺の理性を飛ばすな」

「じゃあ、手をどけて話せよ！」

これでは告白なのかけんかなのかわからない。しかし、それくらい鷹志は動揺しているのだ。

「正直に言うが、それで嫌いになったなんて言うなよ？」

マリクは両手を上げて念を押した。

「ここにとどまるように勧めたのは、写真のデータがあったからだ。俺は通常のバーバリライオンとタテガミの色が違う。その証拠をおまえの手に残したままでは、面倒なことになるかもしれない。俺だって、好きなときに本来の姿で動き回りたいからな。そのときに見咎められて噂が立ち、そういえば同じライオンの写真がネット上に出回ってた、なんて話になれば不自由なことこの上ない」

それで画像を見せたとき、マリクは消去するように言ったのか。

「……あ、じゃあ部屋に来たのは――」

マリクは頷いた。

「カメラのデータを消そうとした。見つかって夜這いの体を装ってごまかそうとしたが、そのときおまえ自身に急速に興味が湧いた。自分でも理由がわからなかったが、おそらく本能的なところで、おまえを伴侶として嗅ぎ分けたのだと思う」

伴侶！　伴侶って……。

好きだとか恋人だとかをすっ飛ばした言葉のインパクトに、鷹志は驚きながらも胸が高鳴る。

その隣で、マリクは苦しそうに息をついた。

「だから、そういい匂いをさせるなと言ってるのに……俺の自制心が弱ければ、とうに喰らいついてるぞ」

「なにそれ？　マジでむしゃむしゃされそうな言い方だな」

首筋を噛まれた感触を思い出して、しかし恐れるどころか陶然としてしまう。

マリクは眉を寄せて鷹志を見つめていたが、やがてその表情が緩んでいった。

「データ消去の機会を窺っていたはずが、次第に強くはっきりとおまえに惹きつけられていった」

「匂いで？　それってフェロモンみたいなもんだよな？」

鷹志のほうも身をもって知っているから、今はそれをすんなりと理解できる。

「それもある。が、ストレートな感情表現や笑顔、一緒に過ごしていて飽きない反応が、本心から楽しかった。ずっとそばに置きたいと思った。仔ライオンの出産やその後の世話で見せた愛情も、とても好ましかった。おまえとの思い出が増えるたびに、このまま思い出にしたくないと強く思うようになった。おそらく初めて恋というものをした」

図らずもマリクから恋という言葉を聞いて、互いの気持ちが同じなのだと感じた。

「……俺――」

鷹志がマリクの膝に手を置くと、手が重なってきて強く握られる。それに勇気づけられるように口を開いた。

「こんなに好きになったの、マリクが初めてだ……セレブでも同じ男でも、気持ちにブレーキをかけようとしてもかからなかったし、進化種だって知っても同じなんだ。でも――」

顔を上げて、すみれ色の瞳を覗き込む。

「マリクはそれでいいのか？　ただの人間の俺で」

マリクには進化種としての使命があるのではないかと、漠然と思う。たとえば種の保存のために、繁殖に尽力しなければならないとか。鷹志と恋なんてしている場合ではないのでは。

マリクはきっぱりと首を振った。

「俺は鷹志がいい。おまえでなければ嫌だ」

場所がベッドだったことを差し引いても、マリクの誘導は巧みでスムーズだった。キスをされながらTシャツをめくり上げられ、素肌を探られてさらにキスに夢中になった。

息も絶え絶えになって唇が離れたとき、呆気なくTシャツが頭から抜き取られた。ゆっくりと横たえられ、見かけよりも重いマリクの身体が重なってくる。

「ええと……やっぱり俺が下かな？」

マリクは少し目を瞠り、口端を上げた。

「同性との経験は？」

「な、ないよ！　あるはずがない」

「では任せろ」

喉元に降りてきたマリクの唇が、味わうように鷹志の肌をなぞっていく。鷹志を酔わせる香りが一段と濃くなった。マリクも深く息を吸い込んでいるから、きっと鷹志も匂いを発しているのだろう。たぶんそれは互いにしかわからなくて、それならもっと強く香ればいい。マリクを惹きつけられるなら、もっと好きになってくれるなら。

諦めなくちゃならない、これ以上惹かれたらまずいと思っていたことなど、はるか昔のようだ。

どうしてそんなふうに考えられたのかとさえ思う。

「あっ……」

胸を舐め上げられて、マリクの髪を摑んだ。拒絶するつもりはなく、あまりにも鋭い快感だったから自分でも狼狽えただけだったのだが、マリクは気にすることなく愛撫を続けた。

本来がライオンだからなのか、マリクの舌は少しざらりとしている。それで乳首を舐められると、甘いだけではない刺激が伝わって、自分らしくもない声が洩れた。

「やっ……それ……」

受け止める快感の逃しようがなくて、バスローブを握りしめる。勢い余って肩から外れ、マリクの背中が露わになった。鷹志も筋トレはしているけれど、もともとの骨格が違うのか、筋肉の起伏も大きく差がある。指先で確かめると、それはさらに顕著だ。

カッコいいな……。

そう思ったとたん、強く乳首を吸われて、鷹志は仰け反って喘いだ。

「反応がいい」

顔を上げたマリクと目が合って、ニヤリとされる。

「我ながらびっくりだよ！」

そう返すしかなかったのが悔しくて、マリクの度肝を抜いてやろうと、後先考えずにバスローブの下肢に手を伸ばした。

「「うっ……」」

同時に声を発する。マリクのほうは驚愕か快感か不明だが、鷹志は握ったものの立派さに慄いた。

こ、これは……羨望(せんぼう)だけでいいのか？　それとも今後の流れを鑑(かんが)みて、危機感を覚えるべきか……。

冷静になればはなはだどうでもいいことを思案している隙に、ハーフパンツを下着ごと剝かれた。

「あっ、なにすんだよ！」

「お互いさまだ。うん、やはりいい反応だ」

なんの躊躇いもなく握られたばかりか、唆(そそのか)すように指を動かされて、鷹志はその快感に身を委ねそうになりながらもかぶりを振った。

「まだ途中だから！　これでマックスだと思うなよ！」

我ながらなにを張り合っているのだろうと思う。しかも見え透いた虚勢まで張って。

「そうか。俺はほぼ限界だから、足並みを揃えてもらう」

どういう意味だろうと鷹志が思っている間に、マリクは身体を下げ、あろうことか鷹志のものを口にした。

う、わっ……これは……。

身に迫る快感もすさまじいほどだが、なによりそうされているという事実が、鷹志の官能を跳ね上げた。根元からくまなく舐め上げられ、すっぽりと含まれて吸い上げられ、たちまち絶頂に導かれる。

射精の勢いがこめかみまで打ちつけた。放出しても陶酔が抜けず、口端を拭って笑みを浮かべるマリクを、ぼんやりと見下ろす。

「……足並み揃えるどころか、フライングだ……」

「すぐに追いつく」

マリクの指先が後ろに移り、密やかな場所を探る。射精の満足感に、不安が交ざり込んできた。

「あの、……ローションとか、ない？」

「あるが必要か？」

ふつう必須じゃないのか⁉　やったことないから知らないけど！

「かなり濡れてる」

「濡れてるって、どこが⁉　誰が⁉」

思わず上体を起こしかけた鷹志は、ぬるっと指が入り込んでくる感覚に、身を硬直させた。マリクの指が入っている。それよりも、この抵抗感のなさはどうしたことか。当たり前のことのように、受け入れてしまっている。

「おまえがその気だってことだ。進化種を相手にする人間は、たいていそうなるらしい」

なるらしい、って……俺、男なんだけど……。

しかし目の前にいるマリクが人間ではなくライオンだというのだから、鷹志の肉体の変化など些細なものだ。もはやなんでもあり、という気がしてくる。

それに、そんな反応があるのは、自分が本心からマリクと結ばれたいと願っている証拠でもあるわけで、躊躇(ちゅうちょ)する理由はなにもない。むしろ、止めたくない。

「あっ！　あっ……」

ふいに鮮烈な快感に襲われて、鷹志は腰を震わせた。マリクの指を食いしめたかもしれない。

「……なに、それっ……あっ、あっ、だめだって！」

逃れようにも逃れられず、快楽は強い誘惑を伴って、ともすれば浸りそうにもなり。そんな鷹志の太腿をマリクは片手で押し上げ、指を差し入れたところに舌まで這わせてくる。

身悶(みもだ)えている間に指を増やされ、しかし痛みどころか快感は増す一方で、応えるように腰まで揺らしてしまう。

「マジで……だめ、あっ、……よすぎる、から……」

懇願は逆効果だったようで、マリクの愛撫はいっそう熱を増した。こらえきれずに鷹志は二度目の絶頂を迎えてしまう。

しゅ、周回遅れ……いや、それはマリクか……。

そんなことより問題は、ペニスにまったく触れられなかったのに達してしまったことだ。男同士のセックスでも、受ける側が快感を得るようになれるとは聞いていたけれど、鷹志はまっさらの初心者なのだが。

才能ありすぎじゃね？　いや、これも進化種のマリクの影響を受けて、俺の身体が変化してるってことか？

絶頂の余韻に浸りつつそんなことを考えていると、指が引き抜かれてマリクが身を起こした。

腰ひもでかろうじてまとわりついていたバスローブを、無造作に脱ぎ捨てる。

「うわっ……！」

そこにそそり立っているものが目に飛び込んできて、鷹志は声を上げた。

触った段階でかなりのものだとわかってはいたけれど、実際目にするとインパクトは半端ない。

しかもそれをこれから受け入れようというのだから、どうしたって無視はできない。

マリクは鷹志の上に身を重ねてきて、腰を引き寄せた。弛緩していた脚の間に、それが擦りつけられる。

「また水を開けられてしまったな。本気で追いかけるか」

「ちょちょちょちょっと待って！　心の準備が！」

マリクはわずかに眉をひそめた。

「今さら？　互いの気持ちは確認済みのはずだが？」

「それはもちろん！　でも、サイズ的に無理があるっていうか……」

マリクはふっと笑って、鷹志の鼻先にキスをした。

「俺が鷹志をつらい目に遭わせるわけがない」

なに、その根拠のない自信！　つらいかどうかはこっちの感覚だろ！

すみれ色の瞳がせつなげに細められ、吐息が鼻先を掠める。

「どれほど待っていたか……ようやくおまえを抱ける」

胸が苦しくなるほどときめいた。容易いと言われてもいい。マリクがそれほど望んでいたと言ってくれるなら、受けて立とうではないか。ここで怯んで日本男児と言えるか。

いや、マリクの求めに応じることで、鷹志の気持ちも最後の一滴まで伝わる気がする。知ってほしいのだ、どんなにマリクのことが好きか。

鷹志はマリクの肩に両腕を絡め、首筋に額を押しつけた。

「お手柔らかに――」

体重をかけられて、押し当てられたものが徐々に鷹志を開いていく。ものすごい圧迫感だ。しかし痛みよりは息苦しさが勝って、鷹志は息を詰めた。

ふいに胸をまさぐられ、硬く尖っていた先端を捏ねられる。甘美な刺激を感じながら、鷹志は狼狽えた。

「ちょ、そんなことしてる場合じゃ――んっ……」

不意を衝かれて一気に貫かれ、鷹志は身動きもままならないまま、胸を喘がせた。体内で自分のものではない脈動が響いている。抱き合っているので見えないのはわかっていても、視線が下を向いた。

「……入っちゃった……のか？」

「ああ。おまえの中は、熱くてきつくて心地いい」

多くの男が経験することのない評を受けて、鷹志は耳まで赤くなった。

「そういうこと言わなくていいから！」

「褒めている。鷹志もなにか感想はないのか？」

こいつには恥じらいってもんがないのか？　これは進化種だとか関係ないだろ。マリク自身のキャラだよな？

「でかくて硬くてご立派だよ！」

ついそう言い返すと、マリクはニヤリとした。

「性能も試してくれ」

ぐっと腰を入れられ、捏ねるように動かされて、一瞬目が回るかと思った。

「なっ……あ、あっ、そこ……っ、だめだって……」

狼狽えてしまうくらい感じるところがあって、先ほども指で玩弄されたのだが、怒張で擦られるとたまらなかった。たぶん先端のくびれが引っかかるのだろう、そのたびに、脳天まで響くような快感が走り抜ける。

マリクはゆっくりと抜き差しをしながら、鷹志のものを握った。

「や……そっちまでされたら――」

「わかっている。鷹志は堪え性がない――いや、敏感だからな」

どっちにしろ嬉しくはないが、否定もできない。

「こちらを可愛がってやるのは後にする」

そう言って、指が根元を締めつけた。

「なにすんだよ……あっ、離せって……」

「俺のもので感じろ。できただろう?」

後腔を指で弄ばれて達してしまったと、見抜かれていた。しかしそれならそれで、わざわざ握るなんてことをせずに、放置してくれればいいのに。

抜け落ちる寸前まで引き抜かれ、肌がぶつかり合う音が響くほど深く押し入られる。繰り返されて内壁が痺れ、ざわめくように疼きが広がっていく。

焦れったい。もっと強く感じさせてほしい。

気づけばマリクの動きに合わせて、鷹志も腰を揺らしていた。もっと刺激されたくて、その動きが大きくなる。

「……マリクっ……」

マリクの首にすがりついたまま、鷹志は叫んだ。

「そんな声で呼ぶな」

ぐっと突き上げられて、中が悦びに震えた。媚肉が屹立を締めつけ、ねだるように蠢いている。マリクは鷹志の腰を摑んで、激しい抽挿を繰り返す。いつの間にかペニスの縛めは解かれていたが、鷹志の意識はマリクと繫がっている場所にしか向かなかった。それくらい途方もない快楽だった。

「あああっ……」

抑えきれない声を上げて達し、抱き合ったマリクの下腹を濡らす。マリクは鷹志の身体がシーツの上をずり上がるほど突き上げて、強い脈動を響かせた。

ゆっくりと体重が乗せられる。力強い鼓動が鷹志の胸を打ち、速い息づかいがマリクもまた達したのだと伝えてきて、嬉しさが込み上げた。

「……重い」

しかし照れくさくて、ついぼやくような言葉が出た。

マリクは笑って鷹志の頰にキスをし、背中に手を回して鷹志ごと上体を起こした。背中の向こうで、先端がふさふさした尻尾が揺れている。ライオンの名残は耳だけではなかったらしい。

「え……？　ええ⁉　なにそれ――あっ……」

繫がったまま、向き合って膝に乗せられる体勢になっていた。自重のせいでマリクを深く呑み込むことになり、仰け反る。

「いったんじゃ……なかったのかよ……」

「それがなにか？　一回だけなんて決めてないだろう。それに、それを言うなら鷹志はどうなんだ？」

「俺は！　いったんじゃなくていかされたの！」

男の沽券もなにもない台詞だと思ったが、マリクの返しに驚かされた。

「俺だって鷹志にいかされた」

……マジ？

つい凝視してしまった鷹志を、マリクが揺さぶり始める。体位が変わると擦れる角度も変わるのか、新鮮な悦びに支配された。

「今、言ったの、ほんと？」

「とうに限界だって言っただろう。鷹志の魅力に抗いながら、我ながら持たせたほうだ。今度はもっと愉しませてやろう」

「そんなこと頼んでないけど！　あっ……」

自分ばかりが翻弄されていると思ったのに、そうではなかったのだろうか。だとしたら本当に嬉しい。

「なにを考えてるのか知らないが、互いに心地よくなるためにこうしている。相手が与えてくれる官能を、享受して堪能してこそではないか？」

それまで引っかかっていた男の矜持だとか、同性として比べてしまうとか、そんなこだわりが

意味のないことだと、すとんと胸に落ちた。

鷹志とマリクが抱き合うのは、互いへの想いが高じた末の行為であり、愛情をさらに深める結果だけあればいい。

素直になろう、と思った。駆け引きも、張り合うことも、マリクには必要がない。どんな鷹志でもマリクは好きでいてくれそうな気はするが、たとえばちゃんと言葉や態度で好意を示したら、マリクは喜んでくれるだろうし、もっと鷹志を好きになってくれるだろう。

「……いい――」

そう思ってもすごく恥ずかしかったけれど、まず手始めにそう囁いてみた。一瞬マリクの動きが止まる。すみれ色の瞳が鷹志を見上げた。奥底で焔が立っているようだ。

「――そうか」

その後は、上下に思いきり揺さぶられた。平均以上の体軀の鷹志を、よくも両手で持ち上げられるものだ。

「やっ、強いって……あ、あっ……ばか力っ……」

そんな罵倒を交えながらも、最後には揃って快楽を分け合った。

ベッドの上にしどけなく横たわったまま軽く咳をすると、マリクは身軽く起き上がって、部屋に備え付けの冷蔵庫から水のボトルを持ってきてくれた。

「ありがと……」

抱き起こされ、喉を鳴らして飲み干すと、マリクがそれを見て笑った。

「砂漠をさまよって水場を見つけたようだな」

「誰のせいだよ」

対面座位で果てた後はバックで攻められ、いつまで続くのかと思ったほどだ。

「鷹志がいい声で啼くから、ついタガが外れた」

そう言われると、これ以上文句も返せない。よがりまくっていた記憶はあるので、鷹志は俯いてペットボトルの縁を嚙む。

「愉しんでくれたようでなによりだ」

「……どうも。予想以上に絶倫でびっくりだよ。あ、ライオンはハーレムなんだっけ？　そりゃあ強いわけだよな」

ふと思い出して話題にしたけれど、マリクはなにも答えずに笑みを浮かべていた。しかし鷹志は、自分の言葉に引っかかってしまった。

そうだよ、いってみれば一夫多妻で……本来の姿で過ごしてることもあるわけで、そういうときは他のバーバリライオンと一緒なのか？　つまりメスを相手にしたり……いやいや、マリクのことだから、人間とだって。人間との間にも子どもが作れるんだろ？　だいたい進化種が存在する意義って、種の繁栄のはずで……。

実際にマリクの行動を目撃してはいないが、鷹志はライオンの世話をしたりして、四六時中一緒にいたわけではないし、夜だって自室に入ってしまえば、後はどうしていたか知らない。チャンスは山のようにあった。

いや、マリクの気持ちを疑ってるんじゃなくて……それとは別に絶滅危惧種の使命的な……。

鷹志は思わず頭を抱えた。

「どうした？」

マリクはボトルを取り上げて、鷹志の肩を抱く。

「ちょっと……自己嫌悪」

「おまえに悪いところなどなにもない。少なくとも俺にとっては、すべてが好ましい」

抱き寄せられたり、そんなふうに言われたりすると、全力ですがりたくなる。それもまた、これまでの鷹志にはなかった女々(めめ)しさだ。

「俺……こんなじゃなかったはずなんだけど。マリクとエッチして、女みたいになってる……」

「どこから見ても男だが」

「茶化すなよ。メスライオンでも人間の女でも、マリクといちゃついてるかもって想像したら、嫌でたまらない。これって明らかに嫉妬だろ。マリクが俺を好きでいてくれても、分はわきまえてるつもりだったのに……ああ、やっぱりやだ！　そんなふうに思う自分も嫌だ」

大きな手が鷹志の頭をポンポンと叩く。

「どこまで俺を嬉しがらせる気だ」

「は？　そんなことしてないし。逆にウザがられる流れだろ」

マリクはきっぱりと首を振った。

「鷹志こそ本当にわかってるのか？　俺が愛してるのはおまえだけだ。どうしても自分のものにしたいと思ったのは鷹志だけで、それが叶った今、他になにが必要だというんだ。一生、おまえだけでいい。おまえだけがいい」

その言葉を呆然と嚙みしめながら、額にキスを受ける。

「俺……人間の男だけど……」

「そう見えると言ったはずだ。言葉を尽くしてまだ信じられないなら、別の方法でわかるようにするか？」

肩を摑まれて押し倒され、鷹志は慌てて腕を突っ張る。

「もういい！　てか今は無理！　ライフゼロだから！　今日は動きすぎた」

「ああ、大活躍だったな。鷹志がすぐに追いかけてくれなかったら、状況は大きく変わってただろう」

本気でセックスを再開する気はないらしく、マリクは鷹志の汗ばんだ髪を指先で梳く。それが心地よくて、思わず目を閉じた。

「大活躍って言ったらマリクのほうだろ。けっきょく助けてもらった」

「いや、おまえがマルマルを守ってくれた。感謝してる」

ハマヤタカ――と囁きが聞こえて、鷹志は目を開いた。マリクは目を細めて鷹志を見下ろしている。

「なに？」

「アラビア語で、『あなたを守りたい』という意味だ。ハマヤタカ」

ほぼフルネームと同じで、鷹志は驚きに目を瞠った。

「マジで？ ……すごい偶然……」

「名前を聞いたときに、耳を疑った。いきなりなにを言うのか、と」

そういえば、名乗ったときにマリクは不思議そうにしていた。そういう理由だったのか。

「たしかに。初対面で、守ってやる、はないよな。でも、ちょっとカッコよくない？」

「これ以上ないくらい男らしい名前だ。しかし、アラブ人の前ではあまり名乗るな。相手がその気になったら迷惑だ」

なんだ、それは。妬いているのかと、鷹志はちょっと嬉しくなる。

「それに――」

マリクは鷹志を腕の中に閉じ込めた。

「鷹志を守るのは俺だ」

それから数日の間に、マリクは経営する会社で自分の秘書として鷹志を雇用する書類を作成し、観光ビザを長期居住ビザに切り替える手続きもした。本来なら一度帰国する必要があったが、そこはサイード家の力を利用したらしい。

「いずれ永住権も取得できるようにするが、とりあえずはこれで」

「いや、永住権って投資家や特別なスキルがある人向けのやつだろ。それは無理じゃ……」

「そういうときのための進化種保護研究機関だ。リタイアした進化種に戸籍やＩＤを作って、なに食わぬ顔で人間に紛れ込ませる組織だぞ。永住権くらいどうにでもなる」

進化種はその動物としての寿命相当の年月を経ると、人型時にも残っていた耳や尻尾の痕跡も消えて、まるで人間の姿に変わるという。

動物としての成長に合わせて、人型の見かけも急速におとなになっていくが、三十代くらいで一時止まっていたのが、それを機に緩やかに齢を重ねていく。そのタイミングで、人間としての第二の人生を始める。

マリクは五歳（！）だそうで、ライオンの寿命を考えると、長くてあと十五年近くはこの状態なのだろう。鷹志が年上になってからのリスタートとなりそうだが、それは特に気にしていない。

「それより家族のほうはいいのか？　一度くらい帰国して報告するか？　もちろん俺も同行するが」

雇用主として挨拶を、と言っているが、マリクの本心は片ときも鷹志を手放したくないのだろう。そう思えるくらいに、今はマリクの愛情を確信している。

なにかに呼ばれているような気がしてバックパッカーを始めた理由――それはマリクと出会うためだったのではないかと、最近思い当たった。その証拠に今は、次の国へ旅立ちたいとはまったく思わないのだ。里心もつかない。

「や、いいよ。もともとうちの親は、よくいえば放任っていうか……就職しないでバックパッカーしてても自己責任で認めるくらいだし。むしろ海外でも働いてるって聞いたら、大賛成だと思う」

マリクは鷹志を伴侶と大っぴらにできないのが不満のようだが、この国に住むならしかたがないことだ。実生活でなにが変わるわけでもないので、鷹志はこのままでも問題がないと思っている。

まあ……レディーからのアプローチはやまないだろうけどさ……。

「いざとなったら、同性婚が認められる国に移るという手もあるな」

「またそんなこと言ってる」

マルマルの甘えるような鳴き声がして、鷹志はベッドから起き上がった。あれ以来、マリクの寝室は定員が増えた。

「ミルクなら俺が用意する。鷹志はシャワーを浴びてくるといい」

「そう？　じゃお願い」

主寝室付きのバスルームは大理石造りで、入るたびにぎょっとするような豪華さだ。天井から降り注ぐシャワーを受けながら、鷹志は小さく息をついた。

マリクと結ばれて唯一残念というか申しわけなく思うのは、彼の子どもが生まれないことだ。

鷹志は熟考の末に、子作りだけを他の相手と試してもいいと譲歩した。少しでも鷹志が本意から提案しているのではないと気づいたら断られそうで、できるだけ軽く言ったつもりだ。

しかしマリクは、「必要ないししたくない」と一蹴した。

マリクはそうでも、機関側は違うと思うんだよな……。

鷹志も本心では勧めたいわけではないので、それきりになってしまったが、甲斐甲斐しくマルマルの世話をしているところを目にすると、子煩悩でいい父親になったのではないかと思うのだ。

「鷹志！」

突然マリクらしくもなく狼狽えた声がして、バスルームのドアが開いた。邸内の使用人はマリクが進化種だと知らないので、白いクーフィーヤにトーブといういつもの格好に着替えてから階下に向かったらしい。哺乳瓶を片手に息を切らしている。

「ど、どうした？　なにを慌てて……マルマルが鳴いてるけど」

ミルクを手にしてきたのにくれずスルーしたマリクを追って、マルマルもドアまで駆けつけている。早くくれと催促しきりだ。

「あ……？　ああ……」

マリクはその場に座り込んで授乳をしながら、片手を振り回した。

「早く！　服を着ろ！」

「そりゃもう出るとこだけど」

「とにかく服！　ああ、もうなんでいつも急に来るんだ……」

マリクの様子がおかしいので、鷹志は身体を拭くのもそこそこに、シャツとデニムを身に着けた。どうやら来客らしいのはわかったので、肌の露出は避けておく。

「マリク？　部屋なの？」

女性の声が聞こえて、マリクはまだミルクを飲んでいるマルマルを抱き上げて踵を返した。鷹志も後に続く。

部屋に戻ると、ちょうどドア口に二十代後半くらいのアラブ人の男女が立っていた。男性は白いクーフィーヤとトーブ、女性は黒いヒジャブとアバヤ。

あれっ、もしかして……。

ひげを蓄えた男性はマリクに面差しが似ていた。国王の姪と結婚したという兄のラシャドだろうか。

「マルマルね？　なんて可愛いの！　さあ、いらっしゃい。私がミルクをあげるわ」

女性はマリクの手から哺乳瓶ごとマルマルを取り上げると、ソファに座った。

「可愛いわ。ねえラシャド、私たちも早く次のベビーに会いたいわね」

ソファの傍らに立った男性も、頷いて見下ろしている。ということはふたりは夫婦で、やはりラシャドとその妻のゼフラだ。

次の子ども、って……もう子どもがいるのか。だとしたら、二人の間にはライオンが生まれたんだよな？　もしかして、その子も進化種だったりするのか？　連れてきてないのかな？

マリクの兄であるラシャドがこの姿ということは、彼も進化種だ。その彼と結婚したのだから、ゼフラはすべて承知ということになる。

ゼフラは国王の弟と、ハリウッド女優との間に生まれたという。たしかにわずかに覗く肌の色もアラブ人にしては薄めだし、ものすごい美人だ。

マルマルがミルクを飲み終えたところで、マリクは咳払いをした。

「押しかけてきておいてなんだ？　鷹志を紹介しなくていいのか？」

白と黒の衣装の夫婦は、我に返ったように目を瞬いた。マルマルがソファから飛び降りて、前肢で口の周りを拭っている。

「あら、ごめんなさい！　忘れてたわけじゃないのよ。だって久しぶりにこんな可愛い赤ちゃんを見たんですもの。あー、懐かしい。すぐに大きくなっちゃって、相手にしてくれなくなるし」

「鷹志だな？　初めまして。話は聞いている。ラシャドと妻のゼフラだ」

手を差し出されて、鷹志はそれを握りながらまじまじとラシャドを見上げた。やはりマリクとよく似ている。獣型でもそっくりなのだろうか。タテガミは何色なのだろう。

「いつまで握っている」

マリクに手を引っ張られて、握手を解かれた。

「マリク、失礼だよ」

「まったく独占欲が強くて困る。なあ、鷹志」

マリクに渋さをプラスしたラシャドに見つめられると、つい見惚れてしまう。そのうちマリクもこんなふうになるのだろうか。ますます惚れてしまいそうだ。

「ん？　そんなに見つめないでくれ。オリエンタルボーイ」

「あ、いえ、すみません。マリクによく似てるなと」

「そりゃあ親子ですもの」

ラシャドの腕に手をかけたゼフラが朗(ほが)らかに笑った。そのとき鷹志は、彼女の瞳がすみれ色だと気づく。

「おっ……親子⁉　お兄さんとその奥さんじゃ……」

マリクがため息をついた。

「この姿で並んで、親子だというわけにはいかないだろう」

たしかに人間の子どもが数年でおとなになってしまったら、言いわけができない。それもあって、夫妻はマリクを連れて外国を転々として生活していたらしい。

マリクが成長してからは、兄弟と称してこの屋敷にとどまらせた。これからは加齢の速度がゆっくりになるが、考えてみればアラブの民族衣装は最適だ。身体がほとんど隠れるしクーフィーヤをちょっと深めにすれば、面相の変化も気づかれにくい。そのうえ、耳も尻尾も楽に隠せる。

「マリクは俺が五歳のときの子だ」

「ちなみに私は二十三だったわよ」

……あ、頭がくらくらしてきた……全部納得はできるんだけど、目の前のビジュアルとの乖離(かいり)が……。

渋いと思ったラシャドも、鷹志よりずっと年下ということになる。

「あ、じゃあさっきの、すぐに大きくなっちゃったベビーって……」

鷹志が言うと、ゼフラはマリクを見上げた。

「本当に大きくなるのはあっという間よね。そのわりに浮いた話もなかったけれど、ようやく伴侶に出会えたと聞いて、ほっとしたしとても嬉しいわ」

「よろしく頼むよ、鷹志」

進化種と人間のカップルだからなのか、ラシャドもゼフラもまったく気にしていないようなのだが、本当に鷹志でいいと思っているのだろうか。

「あの……、気持ちは誰にも負けないつもりなんですけど、男なんですが……許してもらえますか……?」

マルマルに夢中になっていた様子といい、次の子どもを望んでいる言動といい、夫妻は子ども好きだ。我が子であるマリクの子どもだって、きっと期待していただろう。鷹志が現れるまでは。

ふたりは顔を見合わせた。

「なにか問題があるか?」

「愛し合っている者同士が結ばれるのがいちばんじゃないの」

まったく含むところのない返答に、鷹志は安堵して胸が温かくなった。

「楽しく幸せに暮らしてくれれば、なにも言うことはない」

「大変! ランチに遅れちゃう!」

ゼフラはラシャドの袖を引っ張った。これからゼフラの実家で昼食会があるらしい。現在夫妻はトルコ在住なので、帰国すると挨拶回りが欠かせないようだ。

「慌ただしくてすまないな」

「こっちにまで寄ることなかったんだ」

「マリク、そんな言い方しないで。言っておくけど、今回はあなたたちに会うのがメインのつもりだったのよ。それが、ちょっとママに口を滑らせたら、懇親会みたいなことになって――」

「わかってるよ。そのうちこっちから行くから。ベビーが生まれたら」

「あらっ、気がついた？」

ドアに向かっていたゼフラは立ち止まって、アバヤの布を手繰ってみせた。その腹部が丸く膨らんでいる。

「あっ、おめでとうございます！」

鷹志は驚きながらも祝福を伝えた。まったく気がつかなかったというか、それも無理はない服装だというか、そもそもそれどころではなかった。

しかしマリクはわかっていたようだから、これはもう動物の勘なのだろうか。

「ありがとう鷹志。あなたたちもいつか子どもを持てるといいわね」

「慌てるな。当分は蜜月を楽しむといい」

——え……？　今なんて？　どういうこと？

「いいから行けよ」

マリクに追い払われるようにして夫妻は去っていったが、鷹志は後を追って玄関先で見送る間も、心ここにあらずで呆然としていた。

同性の伴侶を認めてくれたと思ったけれど、それは違ったのだろうか。盛り上がっている当人たちになにを言っても無駄だから、熱が冷めるまで黙認しているとか？

あるいは鷹志自身が譲歩しようとしたように、一緒にいるのはかまわないけれど、別口で子どもは作りなさい的な？

「鷹志――」

マリクに背中を抱かれて、ようやく我に返る。しかし、ついその手から離れた。

「マルマルを日光浴させせないと――あ、マリクは食事してれば？」

先に階段を上ろうとしたが、後ろから手首を摑まれた。そのまま寄り添うように階段を上がる。

「日光浴や食事より先に、説明する必要がありそうだ」

マリクは先になって廊下を進む。

説明って、今すぐ？　心の準備が……。

はっきりさせておくべきだと思うけれど、できれば聞きたくないというか、先延ばししたいというか。

だって、一度蹴ったのはマリクじゃないか。そりゃあマリクの気持ちは変わらないのかもしれないけど、両親の意向を無視もできないわけで――。

マリクの部屋に戻ると、マルマルはバルコニーに面した床で、日を浴びて眠っていた。

マリクは鷹志をソファに座らせると、向かい合うように足元に跪いて手を握った。自分が女だったらさぞ絵になるだろうなと思って、ときめきかけた胸が萎んでいく。それでもマリクがカッコいいのは変わらなくて、ちょっと憎らしい。

「先ほどのゼフラの言葉だが――」

マリクは母親を名前で呼ぶのかと思いながら、鷹志は空いているほうの手を振る。

「いいよ、べつに。男なのは動かしようがない事実だし。どう逆立ちしたって、子どもは作れないし」

だから、なにを言われてもマリクに従うつもりだ。その代わり、ずっと一緒にいるのを許してほしい。

「いや……それがそうでもなくてだな――」

いつになくマリクの口調の歯切れが悪く、鷹志は悪いほうに考えてしまう。

まさか……もうすぐどこかで生まれる、とか……。

「知らないままだとよけいに驚かせてしまうから、この際言っておく。俺とおまえの間にも子どもはできる」

「――は……？」

相変わらずすみれ色の瞳はきれいで、マリクは両親のいいとこどりだなと見惚れていたので、言葉を呑み込むタイミングが遅れた。頷くマリクを凝視する。

「……どういう意味？」

「どうもなにもそのままだ。俺とおまえの血を引いた子どもができる。というか、おまえが産むことになるが」

今日最大の驚きに、鷹志は意識が遠のきそうになった。気を失っている場合じゃないと、事実関係を確認することに努める。

「ええと、なんて言うか……ふつうの男女と同じみたいに？　マリクは進化種だけど、俺はただの人間の男なんだけど。だいたいどうやって受胎して、どこで育ててどこから産むんだよ？」

山ほどの疑問を片っ端から口にしたところ、マリクはひとつひとつを懇切丁寧に解明してくれた。あまりにも予想外で、知らなければよかったと思った点もある。

「……そうなんだ……」

聞いただけでぐったりしてしまった鷹志を、マリクは気づかわしげに隣に座って抱き寄せた。

「なんで今まで言ってくれなかったんだよ？」

おかげで鷹志はよけいな気を揉む羽目になったのだ。女々しくて嫌になるような嫉妬までドロドロさせて。

「それはタイミングを見計らっていたというか——いや……正直なところ、鷹志に引かれるかもしれないと思うと怖かった」

「怖かった？」

およそマリクには似つかわしくない言葉に、鷹志は首を傾げて、躊躇うように顎を指先でなぞるマリクを見る。

「おまえにとって同性が相手なのは、一歩踏み込むのを躊躇する理由のひとつだったんだろう？他にも男としての気概やこだわりがあると見受けられたし……それが妊娠可能だなんて知ったら、アイデンティティーが崩壊して、俺とのつきあいそのものを撤回するかもしれないと——」

「それはないよ」

即座に否定すると、マリクは動きを止めて鷹志を見つめた。自分でもいろいろ思うより先に言葉が出てしまって、つまりそれが本心だと思い知って少し恥ずかしかったのだが、誤解されていいことなんて、なにひとつない。

「俺のいちばんの望みは、マリクとこうしていることなんだから。それが叶うなら、他のたいていのことは、正直どうでもいいくらいで。こんな盛大な後出しがあるなんて想像もしてなかったから、子どもが授からないのは残念だけど、男なら当たり前でしかたないと思ってたし」

鷹志はマリクの頬に触れた。

「なんか、前に言ったとおりになっちゃうな」

マリクは鷹志の手を握って唇を押し当てながら、問うような目をする。

「憶えてる？　マリクが子作りしようって誘ってきて、俺、ライオンが生まれるならしてもいいって言ったんだ」

「忘れるものか。ハードルを楽々越えたと、内心思った」

「ハードルですらなかったんだろ。徒競走みたいなもんじゃないか」

笑い合ってキスを交わした。

「マリクの両親にも歓迎されて、子どもも作れて、いいことばかりだ。まあ……実際に産むとなったら、まだちょっとガクブルだけど」

「心配ない」

マリクは膝の上に鷹志（ハヤタカ）を抱き上げた。

「おまえは俺が守る」

END

ポーラーベアの初恋
ANIDAN
Presented by Mari Asami with Ryou Mizukane

支所のドアを開けて外に出た吉永慈英は、数歩歩いたところで建物内に引き返した。

「さ……寒っ……」

九月の声を聞いて、ここカナダのマニトバ州チャーチルは一気に気温が下がった。秋をすっ飛ばしたかと思うくらいだ。慈英がやってきたのは夏に差しかかる時期だったので、ここ最近の気候には驚く。

さすがは亜寒帯！　舐めてるとすぐに風邪ひきそうだ。

ドアの内側のラックにかかっていたベンチコートを羽織って、慈英は再び外に出た。これから街のスーパーまで買い出しに向かう。

敷地内の駐車場で寒冷地仕様のクロスカントリー4WD車に乗り込み、エンジンが温まるのを待つ。雪が降るようになれば、この前に雪掻きの作業が加わるというから、外出も大仕事だ。

この春大学を卒業した慈英は、志望していた絶滅危惧種を保護研究する機関に職を得た。研修を経て初の配属先が、このチャーチル支所だ。野生のシロイルカやホッキョクグマを必要に応じて保護し、収容先を決めるのが主な仕事だという。

もっともまだ新人ともいえない慈英に任されているのは、もっぱら支所のハウスキーパーのような炊事や掃除、洗濯といったところだ。

それでもチャーチルに来られたのは嬉しい。そもそも慈英が機関に就職を希望したのは、子ども時代を動物写真家の父についてカナダ北部で過ごし、そこで野生のホッキョクグマを直に見たのがきっかけだった。雪景色の森林の中で悠々と闊歩するさまは美しく、幼いながらに荘厳な気持ちにさえなったものだ。

しかしあの大きくて頼もしい生き物すら、絶滅の危機に瀕していると知り、彼らの助けになりたいと強く思った。具体的になにができるのか、どうすればいいのかを自分なりに調べて、ようやく人づてに機関の存在を知った。

表立った求人はしていないとのことだったけれど、このチャンスを逃してなるものかと食い下がり、採用試験をしてもらった。志望動機を語る面接では熱が入りすぎて、面接官の若い職員に「もういいです」とストップをかけられたほどだった。でも初の配属先がチャーチルだったのは、志望動機が考慮されてのことだと思う。

ま、直接の仕事はまだ先みたいだけど……。

チャーチル支所は二階建ての建物で、一階がオフィスや診療施設、スタッフの団欒の居間と食堂にキッチンその他の水回り、二階がスタッフの個室となっている。目下の人員は、調査員が五名、獣医師一名の総勢六名だ。

買い込んだ数日分の食料や日用品を支所内に運び、車を駐車場に戻して歩いていると、敷地の郭に沿って林立する樹木の間に、白いものが動くのが目に留まった。

ん……？　子ども？

真っ白なフード付きのカバーオールを身に着け、しゃがみ込んで土を弄っているようだ。フードに丸い耳がついていて、遠目に見ると動物と見間違えてしまいそうだ。

微笑ましい——じゃなくて！　まだ二、三歳だろ？　親はどこにいるんだ？　ていうかここ、一応うちの敷地だし。

とにかくなにかあったら困る。まずは保護しなくてはと、慈英は子どものもとへ向かった。

「あの……えーと、こんにちは」

とりあえず英語で話しかける。フランス語は苦手だ。背中を向けていた子どもは、びくりとして振り返った。癖のある金髪に真っ青な瞳の——男の子、だろうか。

……超可愛い！

慈英はそう思ったのだが、相手はいきなり声をかけられて、それが見慣れない風貌——子どもの容姿からして、両親ともに白人と思われる——のアジア人で警戒したようだ。金色の眉毛を寄せて、今にも泣き出しそうだ。

えっ、そんな……心配したのに、俺、誘拐犯みたいじゃないか。

「いや、あの、怪しい者ではありませんので、俺の名前は慈英といいます。ママは？　名前は言えるかな？」

焦るあまり使い慣れた英語も怪しくなって、ますます慌てていると、ジョガーパンツを引っ張られた。百七十五センチの慈英の股下よりも小さい。ぷっくりした手で慈英のパンツを摑み、見上げている。どうやら泣かれずに済みそうだと、ほっとした。

「ん？　なに？」

「あー、うー、あうー」

あれれ？　まだ喋れない？

恥ずかしながら動物ほど人間の子どものことを知らないのだが、三歳で幼稚園に入ることを考えると、この子はもっと小さいのだろうか。それとも、これくらいは個人差の範疇なのか。

しかし、この子から情報が得られないとなると、どうしたらいいのだろうと慈英は辺りを見回した。隣家は数十メートル先で、特に交流はないので家族構成もわからない。いきなり訪れていいのだろうか。

でも、その間に親が来ていなくなったと思ったら大騒ぎになりそうだし、かといってこの子を置いていくのも……。

「どうしたらいいんだー……」

思わずしゃがみ込んだ慈英に、子どもはキャッキャとはしゃいで背中によじ登ろうとしてくる。こんなに人懐こいのだから、きっと簡単に誘拐されてしまう。

「困ったなー。ママかパパはどこにいるんだよ？」

「ま、まんまー、うー」

「あ、手泥だらけじゃん。なにやってたんだ？　こんなとこ掘っても、なにも出てこないよ」

慈英が汚れを拭ってやっていると、子どもは松笠を自慢げに見せた。すでに小動物に齧られた後で、鱗片もかなり毟られてしまっている。

「あー、見つけたのか。それはね、松ぼっくり。松の実っていうナッツが取れるんだよ。美味くて、つい食べすぎちゃうんだよなー」

慈英の説明はなにひとつ理解できなかっただろうが、なぜか子どもは「んっ」と松笠を押しつけてきた。

「えっ、くれるの？　せっかく見つけたのに？　ほんとにもらっちゃうぞ？」

すでに子どもの興味は松笠から腕時計に移ったらしい。針が動くのが面白いのだろうか、慈英の手首をガン見している。ふっくらと丸い頬が、触りたくなるくらい可愛い。

やっぱり警察に連絡したほうがいいな——。

慈英はパンツのポケットに手を伸ばしたが、スマートフォンは先ほど荷物と一緒に運んでしまったと思い出す。

「ちょっと待ってて。動かないでくれよ」

そう言い置いて支所に向かい、スマートフォンを手にして駆け戻る。できるだけ目を離さないほうがいいと思い、移動しながら警察署の番号を調べていたのだが、ふと目を上げると子どもの姿が見えなかった。

「え……？　おい！　どこ行った？」

こういうときに名前もわからないというのは不便だ。敷地を一周しても、道路を見渡しても、子どもは影も形もなかった。

自分で帰ったのか？　それとも親が迎えに来た？

それならいいのだけれど、まずいことになっていたらと思うと落ち着かない。周囲を見回しながら支所に戻り、遅れた家事に着手したが、頭の中は子どものことでいっぱいだった。

「なあ、ジェイ。このサラダ、キュウリが切れてないんだけど」

夕食の席で、調査スタッフのアルがフォークに刺したキュウリを掲げて見せた。最後まで包丁が入っておらず、ずらりと繋がっている。

機関はグローバルなので、メンバーの出身国もさまざまだ。

「パスタもアルデンテが過ぎるわね。讃岐うどんってこういうの？」

スペイン出身のファナの言葉に、獣医師の青葉が口を挟んだ。

「讃岐うどんはちゃんと茹ってるよ。あれは弾力があるんだ」

「あー、ええと、すみません。ちょっと気になることがあって」

慈英は謝ってから、スタッフを見回した。

「この辺で、小さい子のいる家がありますか？　二、三歳かな？　金髪で青い目の」

スタッフは互いに顔を見合わせた。

「そんな子、いたかな？」

カナダ出身のジェルが首を傾げた。

「男の子？　女の子？」

「それがちょっとわからなくて……」

「名前は？」

「それも……」

リーダーのウォーレンが肩を竦めた。

「なにもわからないんじゃないか。それじゃ調査員失格だ」


子どもはその後もときどきやってきては、慈英の一瞬の隙をつくようにしてやはり姿を消した。憶えているのか、松笠をくれるときもあった。

いつも午後の手が空いたころで、短時間だから遊びに来るのはかまわないのだが、やはり幼児の独り歩きが気にかかる。一度だけ立ち去ろうとしている子どもに気がついて、こっそり後をつけようとしたけれど、木立の間を進むうちに見失ってしまった。それくらい小さいのだ。

スタッフからの情報も特になく、オカルト好きの青葉からは、

『キツネに化かされてんじゃないの？』

と耳打ちされる始末だった。新入りを脅えさせようとしているのだろうか。あいにく慈英はお

化けも妖怪も信じないし、動物が人に化けるなんてナンセンスだと思っている。

それにしてもあの子どもが謎だというのは変わらない。

その日、調査員たちはいつもよりも早く帰還した。キッチンの窓から車が敷地に入ってくるのを見た慈英は、慌てて調理の手を動かす。

「ただいまー」

ファナのソプラノにかぶって、なんとも奇怪な動物の悲鳴が響く。

な、なんだ⁉

とりあえずなにかを保護して帰ってきたのは間違いないけれど、その動物がなんなのか見当がつかず、慈英はキッチンを飛び出した。

エントランスに近づくにつれて、動物の声は大きくなる。

「お疲れさまです――あっ……！」

体力自慢のアルが抱きかかえていたのは、ホッキョクグマの幼獣だった。子どもといってもおそらく二十キロはあるだろう。それが激しく動いているので、さすがのアルも振り回され気味だ。

「どうだジェイ、生ホッキョクグマは。こんな近くで見るのは初めてだろう」

ウォーレンは仔グマの頭を撫で、噛みつかれそうになっている。

野生だからか四肢の先は汚れで黒ずんでいるが、それ以外は真っ白で、つぶらな黒い目と鼻が愛らしい。もっとも興奮状態で目を瞠っているし、一丁前に歯を剝いてもいるが。

「……はい。あの、どうして……？」

「迷子みたいだな」

調査隊は今朝出動してすぐに、単独のこの子を発見したのだという。ホッキョクグマは二歳くらいまでは親について生活するので、そのうち合流するだろうと思っていたが、念のため監視を続けていた。

しかしいつになっても母グマは姿を見せず、仔グマが空腹を訴えて鳴き始めたので、保護が必要と判断して連れ帰ったそうだ。

「そうなんですね……」

さすがに調査隊の面々は、子どもといえども野生のホッキョクグマに対してまったく臆したところがないが、新人の慈英はそっと近づいた。

そのとき、仔グマははっとしたように動きを止めて、室内の匂いを嗅ぐしぐさをした。それからいっそう暴れ、たまりかねたアルが床に下ろすと、まっしぐらに慈英に駆け寄って足元にすがりついた。

「あらら一。ジェイ、気に入られちゃったみたいね」

「えっ、そんな……料理してたから、匂いがするんじゃないですか？　あ、お腹減ってるんですよね？」

「車の中でミルクはあげたよ。すごい勢いで飲み干してたから、まだ足りないんだろう。見たところ生後半年くらいだから、ミンチ肉なら食べられる」

慈英は頷いてキッチンに戻ろうとしたが、片足に仔グマがすがりついているので、しかたなく足を引きずるようにして進んだ。

「世話係に任命されたな、ジェイ」

そんなウォーレンの声が後ろから聞こえ、笑い声と拍手が響いた。


調査隊は翌日から母グマの捜索を始めたが、それらしい姿は見つからないようだ。

ホッキョクグマは複数を出産することも多く、それが自然淘汰(しぜんとうた)だけでなく、母グマに見捨てられてしまう場合もあるらしい。自然界では、より生き延びる可能性があるほうを優先するのだろう。

各国から持ちよった保護動物用の名付表からちょうど日本語のホクトと仮称を与えられた仔グマはオスで、青葉の診察によると生後半年ほどだが、生育状態は月齢を下回っていて、栄養不足気味だという。

スタッフの方針としては、母グマが見つかってホクトを受け入れてくれそうなら自然に返すとのことなので、慈英はそれまでにホクトを少しでも大きく健康な状態にしようと、自らも進んで世話をした。

「お、ホクト、全部食べたのか。うん、いい子」

ストーブで温められた居間の一角にスペースをもらったホクトは、空っぽになったステンレスのボウルを前肢で転がしていた。慈英の呼びかけに顔を上げて、甘えるような声を出す。

昨日、大騒ぎをしながら身体を洗ってあげたので、全身がふっくらと真白になり、思わず頰が緩んでしまう可愛らしさだ。

野生に戻す可能性を考えると、必要以上に人間に慣れるのはよくないと思うのだが、どういうわけか慈英には最初からまとわりついていたし、日中一緒にいるのでそれがさらに顕著になっている。

「でも、こんなぬくぬくの生活はさすがにだめだろ。おいで。外で遊ぼう」

慈英がしゃがみ込んでそう言うと、ホクトは嬉しそうに腰を上げて膝に乗りかかろうとした。それを避けて、エントランスに誘導する。

ダウンジャケットを着ていても、屋外は身を切るような冷え込みだった。雪が降り出すのも、そう先のことではないかもしれない。

それまでに母グマが見つかればいいんだけどな……。

見つかったからといってうまくいくとも限らないけれど、進展が欲しい。

そんなことを考えながら、外壁に沿って薪(まき)を積んでいると、背後からホクトにタックルされた。遊びたくてしかたがないのだ。

「わかったよ。よし、相撲だ」

身構えて、突進してくるホクトをひっくり返す。ぎゃあぎゃあ鳴きながら慈英を摑もうとする前肢は、身体に比して太く大きい。オスは四百キロを超えるという巨体に成長する片鱗を窺わせた。

慈英が地面に寝転がると、ホクトは嬉しくてたまらないというように、鼻を鳴らしてじゃれついてくる。

「せっかくきれいにしたのに。また風呂に入れるぞ」

抱きかかえながら転がり、ふかふかの被毛に顔を埋める。神々しささえ感じていたホッキョクグマがいきなり身近な存在になってしまったけれど、これはこれで嬉しい意識変化だった。


ホクトを保護して半月ほど経ったある日、慈英はウォーレンに呼ばれた。

「異動だ。きびしい冬本番の前でよかったな」

「えっ……あ、はい……あの、俺が役立たずだから……ですか？」

突然のことになにか不手際があったのだろうかと思ってそう訊いたのだが、ウォーレンは笑い飛ばした。

「なにを言ってるんだ。期待以上に食事も美味かったし、掃除も行き届いてて、洗濯物は翌日には仕上がってるし、文句なんかあるものか」

それって全部、ハウスキーパーの役割じゃないか……。

慈英は内心複雑な心境でいると、ウォーレンはデスクに身を乗り出した。

「それに、ホクトの面倒をよく見てくれた。目に見えて育ってるな。これから俺たちにも懐いてくれるかどうか気になるが、まあ心配するな」

新人が各地を転々とさせられて、さまざまな仕事を覚えながら、最終的に適材適所に振り分けられると知ってはいたけれど、このサイクルの短さには驚く。ちなみに異動先はホノルルの研究所ということで、気候の変化による体調管理も必要だし、対象となる野生動物も変わってくるので、事前の勉強が必須だ。

来週にはいったん日本に戻って、支度を整えてすぐに渡航ということになるだろう。自室に戻って関係各所にメールで連絡をしながら、段取りを頭の中で考えていると、ドアがカシャカシャと引っ掻かれた。ホクトだ。

最近は階段の上り下りを覚えて、夜中に起き出すと慈英を探してドアを叩くことがある。あくまで一時保護の野生動物なのだからと、頭ではわかっているのだが、キュウキュウ鳴かれると抑えがきかなくて、ベッドに入れてしまったこともあった。

先輩たちは、そのあたりきっちり分けてるからな。今後ホクトが人恋しくなって鳴いても、応じてくれなそうだし、今からでもわからせないと。

そうは思っても、ドアを開けずにいられない。別れが近いとあっては、なおのこと。

慈英がドアを開けると、ホクトは我が物顔で部屋に入ってきた。開けるのが遅いと不満げに唸っている。

「ホクト――」

ベッドから毛布を引きずり落して、床の上で巣を作ろうとしているホクトのそばに、慈英はしゃがみ込んだ。

「お別れだってさ」

まさか慈英の言葉を理解したわけではないだろうが、ホクトは絶妙のタイミングで顔を上げた。つぶらな瞳がまじまじと慈英を見つめる。

ほんのわずかな間だったけれど、初めて身近に接した野生動物でもあり、それなのに不思議なくらい懐いてくれたこともあって、胸が苦しくなってきた。

「ママが見つかって帰れるといいな。もう会えないだろうけど、忘れないよ。元気で大きくなるんだぞ」


――五年後。

慈英は現在、武蔵野（むさしの）動物園でコーディネーターとして働いている。

ホノルルの後も北米、南米、マレーシア、フィンランド、モロッコと回った。その間に、機関のメインとなる隠された業務が、進化種と呼ばれる生き物の保護研究だと知った。

進化種とは、絶滅危惧種を中心として近年出現するようになった生き物で、最大の特徴は人型という人間に酷似した姿を取ることができること、そして人間との間にも子孫を残すのが可能なことだ。

とても信じられない話だったが、実際に進化種と対面して、彼らのある意味完璧な姿や、人間に通じる知性や感情を目の当たりにした慈英は、たちまちその魅力に引き込まれた。

今は生まれるべくして生まれた存在だと思い、彼らのために少しでも力になれたらと願っている。

慈英が務めるコーディネーターの仕事は多岐（たき）にわたり、進化種がどういう生活をしたいのか、たとえば動物園で、あるいは研究施設で、または自然界にとどまるのを希望するのかを、リスクを説明したうえで検討したり、出会いのチャンスが少ない種に伴侶を紹介したりする。すべては進化種のために、という機関のモットーに忠実に、彼らの希望に添う形でリタイアまでの人生を用意する。

ひと口に進化種といっても個性はさまざまで、人間相手より気をつかうことも多いが、喜んでもらえれば嬉しさもひとしおで、やり甲斐のある仕事だ。

日本国内でもっとも進化種の数が多いといわれる武蔵野動物園では、コーディネーターの仕事も多い。

ていうか、召し使い扱いと思わなくもない……。

今しがたもユキヒョウの朝陽（あさひ）に呼ばれて出向いたところ、なんでも結婚記念日のプレゼントを贈りたいとかで、調達を命じられた。このユキヒョウは双子なのだが、ラフィーという同じ相手を伴侶とする変則的なスリーペアだ。

実は昨日、双子の片割れの夕陽（ゆうひ）から同じ案件で指示を受けていて、しかもプレゼントもまったく同じものを指定された。あえてそれは伝えなかったけれど。

見た目も思考もそっくりな奴がダブルでいるなんて、ラフィーも大変だな。今も妊娠中なのに。

そんなことを思いながら自分のオフィスのドアを開くと、無人のはずの部屋に人の姿があった。

金髪碧眼の若い男性がソファに座っている。

あれっ？　なんかアポあったっけ？

生成りの麻のスーツに、無造作にパナマハットを頭に乗せて、ブリム（帽子の鍔）の陰からちらりと目を上げるしぐさに、図らずもどきりとしてしまう。

考えても来客の予定はなかったし、そもそも慈英のところに来るタイプではない。そのままファッションショーのランウェイを歩けそうなイケメンだ。

男は慈英を見て笑顔になり、ソファから立ち上がった。

でかっ……これはマジでモデルか？　広報とかで呼んだのかな？　場所間違えてるとか？

「あ、あの……Hello？」

「日本語でいいよ」

見た目を裏切って、男は日本人が喋っているとしか思えない発音と口調で返してきた。しかし日本を拠点にしているなら、そういうこともあるだろう。

とにかく男にしかるべき場所に移動してもらうために、慈英は頷いた。

「職員の吉永です。初めまして――」

どうしようか迷ったが、一応手を差し出すと、男の顔から笑みが消えた。

「初めまして？」

「えっ……？」

なんか、まずかったか？　でも、初めましてだろ？　こんな美形、一度見たら忘れるはずがないし……。

「嘘つき」

「は……？」

まるで子どもが拗ねるようにそっぽを向いた後で、こちらをチラ見してくる。

「忘れないって言ったのに」

……おいおい、ちょっと待て。いろいろ言い返したいことがあるぞ、いろいろ。俺が忘れないって言ったのか？　その顔でそこまで言わせてたら、絶対に忘れてない自信があるぞ。ていうか、忘れられないだろ。あと、そういうしぐさは、深い関係にあった者同士みたいだから、やめたほうがいい。相手に不要な誤解をされるから。

実際には、慈英はなにも言えずに男を見つめていたのだが、相手も拗ねた態度を続行するので、しかたなく問う。

「……会ったことがある？　いつ？」

その質問はますます相手を不満にさせたらしく、唇を尖らせる。後ろ手を組んで床を蹴るさまはなんだかベタな芝居を見るようで、それが長身のイケメンから繰り出されるのは、どうにも違和感しかない。日本語はペラペラなのに、所作だけお遊戯会のようだ。

「五年前、チャーチルで」

「チャーチル……」

初の赴任地だから印象は強いが、当時のメンバーはもちろんのこと、支所に出入りしていた面子にも当てはまらない。何度も言うようだけれど、こんなイケメンなら忘れるはずがないのだ。

「しょうがないなあ……じゃあ、第二ヒント！」

男はわざとらしいほど大仰なため息をついたかと思うと、一転してVサインを突き出してポーズを取った。

おいおい……変な奴に捕まっちゃったなー……なにっ⁉

ため息をつきたいのはこっちのほうだと思っていた慈英は、男がハットを取ったのを見て驚愕した。キラキラの金髪の間から、真白な被毛の丸い耳が覗いている。

「そっ……それ……進化種？　そうなのか⁉　なんの――」

……あっ！

男が両手を広げてくるりと回転すると、窓から差し込む日を浴びて、白い耳が眩しいほど輝いた。

そんなふうに日差しに透ける被毛を、慈英は見たことがあった。ホッキョクグマの被毛は、正しくは透明なのだ。毛の内部が空洞なので、透過した太陽光が散乱して白く見える。

慈英はよろめくように男に近づいた。

「……ホクト……なのか？」

「やっと思い出した？　薄情だな」

流氷が浮かぶ海のような色をした瞳に見下ろされ、慈英はその美しさと、ホクトの言葉に狼狽えた。

「……いや、忘れてたわけじゃ……だって、いきなり人間の男が来て、あのときの仔グマだなんてわかるはずがないだろ」

「人の姿でも会ってるよ。何度も遊んだ」

「遊んだ……？」

それこそまったく憶えがない、と言おうとしたら、目の前にナッツのパックを突きつけられた。

透明のパックには、松の実がぎっしり詰まっている。はっと息を呑んだ。

「あの子か！」

どこからともなくチャーチル支所の敷地に現れた幼児の相手を何度かしたことがある。そのときに松笠をもらって、松の実の話をした。小さな子の独り歩きが心配で、後をつけても撒かれ、けっきょくどこの誰ともわからないままだった。

ホクトが連れてこられてから、一度も姿を見せないと気になってはいたのだが、なんのことはない、ずっと身近にいたのだ。

「あげるよ。松の実好きだって言ってたよな」

「あ、ありがと……」

それを知ってるってことは、間違いないんだな……でも、松の実のことまで憶えててくれたなんて……ごめん、あの松ぼっくりは自然崩壊したから捨てちゃったよ。

「あれ？　てことは、あのころもう変化できたんだろ？　ずっとクマのままでよくいられたな」

進化種が人型を取れるようになっても、幼少期はコントロールが未熟で、意思どおりにはならないと聞いている。

「他のスタッフに、まだジェイには内緒だって言われてたから。びっくりして怖がるって」

それを聞いて慈英は頭を抱えた。

なんだよ、みんな知ってたのかよ……そりゃあたしかに、あのときはまだ進化種なんて存在も知らなかったけどさ……。

「子どもの姿のときだって言葉も喋れなかったのに、そう言われたのはわかったんだ？」

ちょっと恨みがましく見上げると、ホクトは肩を竦めた。

「言ってることはわかってたよ。喋れるようになったのはあの後、怒涛のように習得したから」

慈英がチャーチルを去った後も母グマ捜しは続いたが、けっきょく見つからなかった。その間、進化種のなんたるかを教えられたホクトは、自分の意思で機関に残ることを決めた。

トロントの施設で進化種としての教育を受けながら成長し、ここ半年ほどはノルウェーの研究所にいたらしい。

ノルウェーと聞いて、慈英ははっとした。実は武蔵野動物園には現在、ホッキョクグマはメスしかいない。絶滅危惧種のペアリングもコーディネーターの仕事なので、ノルウェーに相手を打診していたのだ。ホッキョクグマの生息地のひとつである現地の研究所には、保護された個体も多い。

べつに進化種をリクエストしてなかったけど、ホクトもホッキョクグマのオス、なんだよな……。

終業時間きっかりにオフィスを出た慈英は、宿舎に向かった。動物園の職員寮でもあるが、機関の関係者の行き来もあるので、その際の宿泊場所としても活用されている。ホクトもしばらく逗留するとのことだった。

慈英は自分の部屋へ戻らずに、ホクトの部屋のドアをノックした。すぐにドアは開いたけれど、その双眸は冬の海のように冷たい。

「なんか用？」

慈英は愛想笑いを返した。

「いや、積もる話もあるし――」

「忘れてたくせに」

「機嫌直してくれよー」

あれから慈英はホッキョクグマの飼育員のところに行ったのだが、担当の牧野いわく、メスのポーラの成熟度合いは極めて順調、しかも稀なる美女と、太鼓判を押してきて、早く婿を寄こせとせっつかれてきた。

動物園では国の内外を問わずに、飼育下の個体を相互に提供してペアリングを進めるシステムが活用されている。さらに絶滅の危機が深刻な種には、機関に登録されている進化種を期限付きでレンタルすることもあった。

基本的に進化種の意向次第ではあるが、自分たちの種の現状を理解してのことだったり、報酬を期待してのことだったりと理由はさまざまながら、おおむね協力的だ。まあ、進化種が機関での生活を選ぶと、そのあたりの協力についても同意したとみなされるらしい。もちろんお願いベースではあるが。

続けてノルウェーの研究所に連絡を取ったところ、ホクトは今回、ペアリング対象となるホッキョクグマがいる施設を回っているとのことだった。五歳を過ぎて適齢期を迎え、本格的に相手を探し始めたらしい。

それならぜひともうちのポーラの婿になってほしいよな、当然！

牧野に言われるまでもなく、慈英だってそう思う。というわけで、ホクトの同意を得るべく、交渉にやってきたのだ。

しかし初対面——もとい再会の印象が悪かったせいか、ホクトは慈英に冷たい。あの無邪気に愛らしく慈英を慕ってくれていたホクトはどこへ行ってしまったのか。

進化種としての自覚もあって、課せられた使命は理解しているようだから、自ら行動を起こしているのだろうし、ここはなんとしても和解に持ち込んで、ポーラを売り込みたいところだ。

「そういや、うちのホッキョクグマは見た？　ポーラって名前で、キーパー（飼育員）イチオシのお年ごろの美女なんだけど」

「園内はひととおり回ったよ。噂どおり進化種が多いな」

感想が欲しかったのはそこではなかったのだが、武蔵野動物園には伴侶を持つ進化種も多いので、多少なりとも自分のケースのビジョンが見えてくるだろうか。

あ、でもうちは特に人間とのペアが多いんだっけ。そっち方向に注目されたら困るな……。

人間と進化種の間に生まれた子どもは高確率で進化種だが、親を見ていた影響か、最近進化種二世と人間とのペアが急増しているという。その場合も人間が生まれたという報告はないけれど、動物の血が薄まっているのではないかというイメージはある。

絶滅危惧種の救世主的に誕生した進化種が、人間と交わることによって逆に淘汰されてしまうような事態になったら本末転倒だし、混血が新たな生き物を誕生させてしまうかもしれないという懸念もある。

機関内ではそういった研究や討論もあって、一部から人間とのペアを自粛してはどうかという案も出た。しかし最優先すべきは進化種の意向だと、今のところ落ち着いている。

気づけばドアが閉じそうになっていて、慈英は慌てて手をかけた。

「おいおい、なんで閉めるんだよ？」

「話は終わったのかと思って」

ほんっとに冷たいな。俺の部屋まで会いに来てくれたんじゃなかったのかよ？　最初はニコニコしてたのに――って、こうなったのは俺のせいか。

「終わってない！　あ、ここじゃなんだから、飯でも食いに行かないか？　和食はけっこういけるぞ。奢るし」

少しは気を引けたらしく、ホクトは頷いて部屋から出てきた。

「東京案内してよ」

「おう、任せろ。て言っても、俺もふだんはあんまり都心まで出ないけどな」

なんの変哲もない白いTシャツとデニムにロングカーディガンを羽織り、頭にはメッシュの緩いビーニーを被ったホクトは、逆に素材のよさが引き立って、行きの電車の中でも注目度抜群だった。

そのホクトがちょっと距離感を間違っているのではないかと思うくらい近くに立ち、正面から見下ろしてくるものだから、慈英は目のやり場に困る。

「……近いよ、おまえ」

「離れて迷子になったらどうする」

「や、ホクトが俺を見失っても、俺は見失わないから」

なぜならこんなにでかいし、目立つから。そのつもりで言ったのだが、目に見えてホクトの機嫌がよくなった。なぜなのかは不明だけれど、機嫌がいいのに越したことはない。慈英も嬉しいし。

「あれ？　ホクトなんかつけてる？　いい匂いがする」

「え、そう？　ジェイもいい匂いだよ」

首筋に高い鼻先が近づいたかと思うと、わずかに触れ合った。瞬間びりっとして、慈英は思わず首に手を当てる。

「わっ……今の、静電気？」

ホクトも目を瞠っていて、なぜだか白皙がほんのり色づいていた。口元を手で覆い、視線をさまよわせている。

なんでそんな反応なんだよ？　くっついてきたのはそっちだろうが。

そう言いそうになったけれど、今しがたのやり取りを女子高生グループに見られていたらしくざわついていたので、あえて口を結んで首筋を擦る。

しかし、今の季節に静電気？　手すりにも触ってなかったのに……。

思い返していると、また鼻先にいい匂いが漂った。心なしか先ほどよりも強く感じる。そのとき、慈英ははっとした。

ま……まさか……。

進化種も動物なので、フェロモン的なものを発するのは研究で明らかになっている。対象に含まれる人間に対しても有効で、しかもそれは特定の相手に対してのみ発動するらしい。

また人間のほうも、惹かれると同様の匂いを発すると言われている。

今のがそれだなんてことは……いや、待て！　ちょっと落ち着け、俺！

初対面は子どもで、幼獣だった。五年ぶりに再会してわずか数時間だ。それで性愛対象として気に入るもなにもないだろう。なまじ進化種について知識があるから、妙に先走った思考になっているに違いない。

そもそもホクトはホッキョクグマの嫁を探しているわけで、人間の男である慈英など眼中にない。

慈英にしても進化種と自分がペアになるなんて考えたこともなかったし、進化種に対してはコーディネーターという立場で関わっていくのだと決めていた。

みんな大変そうだし……。

人間の伴侶を持つ進化種は、慈英が知る限り、よく言えばかなり愛情深い。その分、嫉妬深くもあり、独占欲も強いように見える。つきあっても、つい仕事を優先して振られることを繰り返す慈英には、とても務まりそうにない。

まあ、よけいない心配だよな。

電車を降りた慈英はホクトを連れて、回らない鮨店に入った。

「美味い！　マグロなのこれ？　すっごく美味い！　もっと欲しい」

「そ、そうか。気に入ってよかった……」

見た目は完全に外国人のホクトが褒めちぎるので、板前も気をよくしたのかあれこれと勧めてくる。

「いい食べっぷりだねえ、お兄さん。ウニはどうだい？　活ウニだよ」

トゲトゲの物体に目を丸くしたホクトは、その中から現れた山吹色を見て鼻を蠢かした。人型でも嗅覚は本来の動物レベルだ。

「いい匂い！　それも食べる！」

おいおい……あー、見栄張って銀座の鮨屋とか連れてかなくてよかった……。

しかし旺盛な食欲を見せるホクトを見ていると、先ほど慈英のこともいい匂いと言っていたような気がするが、彼にとってはたいていのものがいい匂いなのではないかと思えてきた。あるいは、慈英が食料的にいい匂いがした、とか？

いずれにしても、よけいな心配だったようだ。

腹を満たしたホクトのリクエストに応えて、タワーの展望台に上って夜景を眺めたり、慈英的にはなにがいいのかわからない交差点で記念撮影をしたりした後、バーに立ち寄った。

薄暗い中でもきらめく金髪と目を引く美貌は、クラシカルな内装のバーによく似合う。

「ほんと、イケメンに育ったなあ……いや、子どものときも可愛かったけど」

「ジェイはあまり変わってないな。すぐわかった」

「まあ人間はこんなもんだろ。これからもどんなふうになってくのか、楽しみだよ」

「見てればいいじゃないか」

グラスを手に口端を上げるホクトに、つい見惚れてしまう。オフィスでは子どものような態度がちぐはぐに見えたけれど、あれはわざとだったのだろうか。ついでにいえば鮨店でも無邪気そのものだったが、あれも腹を満たすためだったのか。

こうしてバーで酒を飲んでいると、なかなかどうして見た目どおりに落ち着いた振る舞いで、これが本来のホクトなのだろう。たった五年でこうも変わるのかという戸惑いもあるけれど、多分に魅力的でもある。

これが進化種の魔性ってやつだな。うん、よくわかる。

しかし納得しているだけではいけない。慈英には目的があるのだ。目的というか、コーディネーターとしての務めが。

「うん、見てたいな。しばらく武蔵野動物園で過ごす気はない？　せっかく再会できたんだしさ」

ホクトはおもむろにグラスを置くと、慈英の顔を覗き込むようにじっと見つめてきた。本心を見抜かれているような気がして、慈英は両手を広げて文字どおり早々に手の内を晒す。

「いや、その間にポーラとお見合いしてもいいんじゃないかなー、とか——」

たちまちホクトが半眼になったので、慈英は慌てて言い足す。

「それは、あの、ホクトが気に入ったらってことで。他に気になる子がいるなら、もちろんそれでいいし。あ、でも、できたら順繰りにお願いしたいかなーみたいな」

ホクトはテーブルに肘をつき、慈英のグラスからカットライムをつまみ上げた。果肉を齧り取って咀嚼するさまに、慈英のほうが口を窄めてしまう。

「なんだか娼夫みたいじゃない？　俺」

「そっ、そんなことないだろ。自分に課せられた使命を理解してのことだと思うよ」

実際のところ、進化種が飼育されているオリジナル動物とペアリングした場合は、それなりの報酬が出る。自分のライフプランを堅実に考えている者は、積極的に稼いでいるようだ。

しかしここでそんなことを言うのはだめだとわかりきっているので、慈英は進化種教育の教科書のような言葉を返した。

ホクトはため息をついて頬杖をつく。わざとらしいほどだけれど、いちいちポーズが決まっているので目を奪われてしまう。

「そういうのじゃなくて……好きな相手がひとりいればいいんだけど」

伏せられていた目が、迷うことなく最短距離で動いて、慈英の視線を捉えた。

人間社会に馴染んだ進化種ほど、恋をしたがる。いや、彼らの思考回路も感情も人間と変わりないのだから、そう思っても不思議でもおかしくもない。むしろ自然だ。

しかし絶滅の危機に瀕して登場しただけに、この進化種という生き物は桁外れに魅力的で、相手を虜にする能力に長けている。特にホクトのように成熟期を迎えていたりすると、向かうところ敵なしだ。

……ま、魔性の生き物め……俺で遊ぶな。

同性だろうと人間だろうと、その気にさせるのなんてお手のものなのだろう。なんだかいい匂いもするような気がして、慈英は必死にクラクラと戦う。

「本気にした？」

ふいにホクトは笑った。瞬時に濃密な気配が霧散し、慈英は呪縛が解けたかのように大きく息をついた。

「……揶揄うな」

すぐにホクトだと気づかなかったことを、まだ根に持っているのだろうかと、慈英はもう一度ため息を洩らした。

「いやー、ネットの情報はすごいねー。いきなり入園者増え出したって？」

オフィスのドアを開けるなり、挨拶も抜きにそう言ってきたのは、紋別の研究所に勤務しているはずの来栖未来だった。

「来栖さん！　いらっしゃる予定でしたっけ？」

「いや、武蔵野動物園にイケメン連日来園ってSNSで見たんで、ちょっと遊びに来ちゃった。はい、お土産」

来栖から紙袋を受け取りながら、相変わらずフットワークが軽い男だと慈英は感心する。

紋別には慈英も何度か研修で行ったことがあり、そのときもスノーモービルで雪原に連れ出されたり、夕食につきあえと札幌まで車で連れていかれたりした。

「ありがとうございます。マジで増えてるらしいですよ。それも若い女子が」

「うん、見た見た。あれ、ホクトだろ？　いやあ、成長したねー。俺がトロントで会ったときは、十二、三歳の美少年だったな。三年近く前か」

「来栖さんもご存じだったんですか」

なんだなんだ。ではホクトが機関に所属する進化種だったのを知らずにいたのは、慈英だけだったのか。ちょっとした疎外感を覚える。

チャーチルを去った後、支所のスタッフに連絡を取ろうとしたこともあったが、日々の慌ただしさから後回しにしていた。そのうちにメンバーも異動になったと、オンラインの報告書などで知り、そのままになってしまった。

いや、それでも知ろうと思えば、いくらでも手はあったんだよな。ただ……よくない情報は知りたくなかっただけで……。

母親が見つからず、野生にも戻れず、動物園などの飼育下に置かれていたら、残念だと。外敵に襲われたり食料が不足したりという心配はないから、一概に不幸だとはいえないけれど。

ホクトがそういう状況だったら、その一因は自分があの場を去ったことにあるのではないかと思ってしまったのだ。職員としては辞令に背くなんてありえなくて、実際慈英の動向が影響を及ぼしたはずもないとわかっていても。それくらいホクトには懐かれていたと、自分でも思っていた。

しかし、なんのことはない。当時すでにホクトは進化種だと判明していて、支所のスタッフも慈英以外はそうと知っていて、だから身の振り方もほぼ決定していたのだろう。

「不満そうだな」

揶揄うような来栖の言葉に、慈英はコーヒーを出しながら肩を竦めた。

「進化種の存在を知ってずいぶん経つのに、ホクトが来るまで気づかなかった自分の鈍感さに呆れてるんです。しかも俺、最近はホッキョクグマのペアリング情報までチェックしてたのに——あのリスト、表記がよくないと思いませんか？　場所と性別と年齢しか載ってなくて、進化種はマークがちょっとついてるだけで」

「個人情報保護かな？　より詳しいことは、請求すれば閲覧できるようになってるだろ」

たしかに万が一外部からハッキングされたりしたら大ごとだけれど、目星をつけてからでないと詳細がわからないのでは、ホクトを発見できた可能性は低い。

ていうか、ホクトが自分で連絡してくれればよかったのに。

それがなかったということは、ホクトのほうは慈英に特別思い入れはなかったということなのだろう。それなのに慈英が気づかなかったのを根に持つなんて、勝手だと思いもするのに、なぜか引け目を感じてしまう。

「まあ、無事に再会を果たしたんだし、今のホクトについてはどう？」

「どう、って……とびきりのイケメンだなとしか。進化種の容姿が整ってるのは知ってましたけど、ダントツですね。来栖さんもそう思いませんか？」

「俺の感想はいいんだよ。ていうか、そうかー。職員あるあるだな」

来栖はカップを手に悩ましげなため息をついた。ホクトには及ばないがこの人もシュッとしたイケメンなので、そういうしぐさがさまになる。言っていることは意味不明だが。

「は？　なんですか、それ？　それより獣型だとどんななのか、そっちが気になるんですけど。幼獣のころは小さめだったから」

「最新データだと、五百五十キロ超えてるらしいよ。夏痩せしてるかもだけど」

「五百五十⁉　大型じゃないですか！　見たいなあ」

オスの平均は四百キロなので、かなり大きい。記録では六百五十を超える個体もいるが、それは稀だ。

「そうだな。ぜひとも見ておくといいよ。きっと惚れ直すと思う」

かといって、いきなりポーラのところに連れていくわけにもいかないし、第一ホッキョクグマが増えたら大騒ぎだ。しかし武蔵野動物園の中には、他に手ごろな設備がない。きっと水にも入りたいだろう。

よし、近くの施設に連絡を取ってみよう。ホクト、喜んでくれるかな……。

まだ見ぬ大きなホッキョクグマが、水中を豪快に泳ぐ姿を想像して、慈英も心が浮き立った。

「明日、俺休みだから、ちょっと遠出しない？」

そう約束した次の日、待ち合わせの時間より早く宿舎のロビーに下りると、すでにホクトがソファに座っていた。テーブルには空の紙コップがいくつも並んでいる。

「お待たせ。ていうかまだ時間前だけど。これ、全部飲んだのか？」

「ちょっと早く来ただけだし。ここのコーヒー、意外と美味いからつい飲んだだけだし。カップが小さいから、ちょっとしか入ってないんだよ」

慈英は紙コップを拾い集めて、ダストボックスに入れながら笑う。

「はいはい。五百五十キロのホッキョクグマには、舐める程度しかないよな」

ホクトも外出に乗り気なのだと思うと、嬉しかった。

それに、ミエミエにごまかすところが可愛いっていうか……。

目的地は木更津(きさらづ)の研究所で、広さも深さもある屋内プールを借りることになっていた。最初は慈英の運転で向かうつもりだったのだが、

「えぇー、ジェイの運転じゃ心配だな」

「失礼な。安全運転だぞ」

「それもつまんない。話しかけても上の空だったりするんだろ」

そんなやり取りの末に、電車で移動することになった。まあ、急ぐ旅でもない。

……ていうか、注目されたいだけだったんじゃ？

ワークキャップにサングラス、渋い柄のアロハシャツにゆったりしたコットンパンツという出で立ちのホクトは、行楽地に向かう乗客の視線を集めていた。街中を歩いていてもこんな調子なので、慈英も慣れてきていたが、混雑具合に早々に座席を離れたホクトが、慈英を壁際に追いつめるような体勢で立っているものだから落ち着かない。

「……近いんだって」

前にもこんなことを言ったなと思いながら呟くと、ホクトは身を屈めるようにして顔を寄せた。

『え？　なに？』

こんなところでなぜ急にフランス語を喋るのか。イメージ戦略か。そりゃあ日本語ペラペラより、周囲の好感度は上がるかもしれないが。

『近いって言ってんの。それにこの体勢は、女子をエスコートするときだろ』

『お、フランス語巧(うま)いね』

『五年も経てば習得するよ』

ホクトは窓の外に目を向けた。サングラスのレンズが透けて、細めた目を縁取る睫毛の長さが印象的だ。

『五年か……長かったな……』

木更津の研究所は広大な敷地を持ち、海岸に面している。駅で降りると、ホクトは潮の香りに呼び寄せられるように、海沿いの道に向かった。

まあ、海洋生物みたいなもんだからな。

文句を言うことでもないので慈英も後に続いたが、完全に浜辺を歩き出されると、砂に足を取られて歩みが遅れる。

足元を警戒して俯いていた慈英の目の前に、手が差し出された。それを辿るようにホクトを見上げると、気まずそうにそっぽを向く。

「ちょっと待って……もう少しゆっくり、もしくは道路を歩こう――」

最後まで聞かずに、慈英はホクトの手を握った。一瞬、ホクトの指先がぴくりとして、そういえば慈英のほうから触れたのは初めてだと気づく。

「また女扱いしてるって言うかもしれないけど、そういうつもりじゃないから。俺は――」

いや、べつに深い意味は……。

ないのだろう。事前にホクトもそんなことを言っていたし。慈英だってそれでほっとするはずなのに、なぜかもどかしい気がした。

なにか喋らないとますます気まずくなると思いながらも、けっきょく黙ったままで、黙々と歩く。だからいっそう相手の手の感触が気になる。夏の日差しが照りつけて、額に汗が浮く。そればかりか、繋いだ手まで汗ばむ。

あ、気持ち悪いかな。

そっと手を離そうとしたのだが、ホクトにしっかりと握り返された。

ホクトも汗かくんだな。今は人型なんだから、当たり前か。

そんなことを考えていないと、胸の高鳴りが気になってしまう。というか、どうしてこんなにドキドキしているのだろう。単に軟弱者扱い、もしかしたら年寄り扱いされて、手を引かれているだけかもしれないのに。

海風が潮の香りを運んでくる。そこに、なんとも言えない香気が交じる。無意識にそれを嗅ぎ分けて吸い込もうとしている自分に気づいたとき、はっとした。

たとえるなら、いっぱいになったグラスの縁から水が溢れるように、難解なジグソーパズルに最後のピースがはまったときのように、一瞬にして答えが浮かび上がった。

俺……ホクトが好きだ。

相手は進化種だとか、進化種にとって同性の人間も対象に含まれようと、自分はホクトが子どものときに短い間関わっただけの立場だとか、しかも今は相手を世話するポジションだとか、なによりホクトにそんな気はないだろうとか、いろいろ——とにかく考えつく限りの否定的要素を挙げて、意識しないように、目を向けないようにしてきたけれど、たった今、覆された。

状況とか立場とか、そんなものはまったく抑止力にならない。極めてシンプルな気持ちこそが、すべてに勝る。

「着いちゃったな」

ホクトの声に、慈英は我に返って研究所の門を見上げた。

「あ……ああ——」

慈英がインターフォンを押す間に、ホクトは手を解く。風に撫でられて、徐々に乾いていく手のひらが寂しい。

……いっそこのまま、砂浜を引き返したいっ！

自分でもどうかしてしまったのではないかと呆れるくらいの発想が湧いて、慈英はかぶりを振った。

『はい——』

「あ、武蔵野動物園から参りました、吉永と申します」

『はい、開けますよ。どうぞー』

かざしたＩＤカードを読み取ったらしく、門扉が音もなく開いていく。ホクトを促して、慈英は門の中に足を踏み入れた。

俺の気持ちはわかったよ。認める。でも、そこまでだ。なにより優先されるべきは、ホクトの意思なんだから。

恋を自覚したとたんに失恋というのもつらい話だけれど、過去の自分を振り返ってみれば、いつだって恋愛にさほど熱は入らず仕事優先だった。そういう性分なのだろうから、きっとこの気持ちだって落ち着くはずだ。

そうだよ。ホクトが好きなら、彼のために尽くせばいい。幸い俺は、そんなふうに動ける立場にいるんだから。

研究所の職員と挨拶を交わし、さっそく屋内プールに案内してもらった。

「なにかあれば、そこの内線電話で連絡してください。じゃあ、ごゆっくり」

「ありがとうございます」

慈英が職員を見送って振り返ると、ホクトはプールサイドに立ってサングラスとキャップを取り、頭を振っていた。汗ばんで色を濃くした金髪が、天窓からの陽光を弾いている。ちょこんと飛び出している両耳が、これまでのようにコミカルに見えないのが不思議だ。むしろそれがあるからこそ、完成しているようにさえ思う。このホクトが好きなのだと、改めて胸がせつなく痛んだ。

「貸し切りプール？」

ホクトは慈英を振り返って、わずかに首を傾げた。

「うん。ずっと人型で、ストレスが溜まってたんじゃないかと思って。かといって武蔵野動物園の中じゃ、てきとうなスペースがなかったからさ」

「海水なんだな」

わずかに鼻を蠢かしただけで、そうとわかったらしい。保護した海洋生物のための設備なので、海と繋がった循環装置つきだ。

「海パン持ってきてないけど、裸でもいい？」

ホクトがそう言ってシャツを脱ごうとするので、慈英は慌てて駆け寄った。

「は？　マジで言ってる？　獣型になれるように連れてきたんだけど——脱ぐなよ！」

同性ではあるが、今となっては好きな相手の裸だ。冷静でいられる自信がない。いや、襲いかかるようなことはないと思うけれど。

だってこんな美ボディ、見てるだけで焦るだろ——あっ、触っちゃった！

素肌から香気を感じた。この匂いを嗅ぐたびに、もしかしたらフェロモンなのではないかと思っていたが、ホクトの態度と合致しない。きっと愛用の香水なのだろう。無意識にホクトに惹かれていたから、そう思い込んでしまったのだ。

獣型は五百五十キロオーバーの巨体だというが、今のホクトは上背こそあるけれど、引き締まった筋肉の細マッチョだ。それに胸をときめかせている自分ってどうなのだろう。変われば変わるものだというか、恋の力は不思議だ。

とにかく目の毒なので、慈英は訴えた。

「見たいんだよ、ホッキョクグマになった姿が。それもあって、ここに来たんだ」

これも本音だ。どんなに立派に成長したのか、知りたくて当然だろう。今は好きな相手のすべてを知りたいという気持ちが加味されているけれど。

ホクトはやんわりと慈英を押し返すと、プールの縁に立った。その姿が陽光を浴びて揺らめく。水面のような輝きに包まれたかと思うと、次の瞬間、そこには真っ白で大きなホッキョクグマがいた。

全体に比して小振りな頭部に、黒い目と鼻がくっきりと浮かぶ。ひと抱えもありそうな四肢は逞しく、季節柄だろうか、被毛は薄めだが長い。

……うわ……あ……！

言葉もなく立ち尽くす慈英の目の前で、ホッキョクグマはプールに飛び込んだ。水しぶきが盛大に上がって、慈英の顔まで濡らした。唇に塩水を感じる。

波打つ水面にホクトの姿はなく、慈英がついプールの縁まで進んだとき、水中からぐんぐんと白い影が広がった。

「うわっ！」

胸の辺りまで水から飛び跳ねたホクトが、再び潜水する。その勢いで、慈英はシャツが肩に張りつくほど濡れた。

「おい、ホクト！　わざとやってるだろ！」

浮上したホクトは、そ知らぬ顔でプールを旋回している。しかしそれなりに楽しんでくれているようなので、文句を言うのはやめにした。ホクトが喜んでくれているなら、慈英も嬉しい。連れてきた甲斐がある。

ふと隅に置かれている遊具が目に入った。小さなゴムボールから、巨大なウレタンブロック、水上マットに水鉄砲まである。

慈英は自分くらいの大きさのウレタンブロックを引きずって、プールに落とした。すいと近づいたホクトはそれに抱きつき、ぐるぐると回転する。慈英は水鉄砲を準備して、ホクトが上になったときを狙い撃った。

咆哮（ほうこう）がプール内に響き渡り、ホクトはウレタンブロックを持ち上げようとした。しかし水面に張りついたブロックはさすがに重いようで手間取っている。慈英はその隙に小振りの――とはいっても、ひと抱えはありそうなサイズのブロックを、次々にプールに放り込んだ。

ホクトは非難するような声を上げながらも、飛沫を飛ばして動き回っている。小さなブロックをいくつかプールから弾き出すのにも成功していた。

「もう、こっちは汗だくだよ」

そうぼやいて額を拭ったとき、ホクトは慈英を見つめて訴えかけるような目をした。

これは……誘われてる？

「……俺も入っていいの？」

ホクトは答えるようにぐるりと回った。

「よし、ちょっと待って」

慈英はシャツを脱ごうとしたが、ホクトは急かすように前肢でプールの縁を叩く。

「ああ、まあびっしょりだしな、今さらか。それに、俺も海パン持ってきてないし？」

服を着たままプールに飛び込んだ。機関の職員はある程度の泳力が求められるし、スキューバダイビングの資格も必要とされる。着衣水泳だって課題にあった。

うわ、深っ……！

とはいうものの、研修にしても検定にしてもそれなりに準備と覚悟があり、課す側も態勢を整えている。ふだん着のままいきなり入水した塩水プールは底が見えない深さで、足がつかないこともあり、慈英は飛び込んだ勢いのまま一気に沈んだ。

吐き出す泡の中、目の前を巨大な影が横切って、慈英は慌てた。ホクトの動き自体が、大きなうねりを引き起こす。

待っ……ホクトのばかっ！

慈英は水流に引きずられて、水の中を右往左往する。息をつく暇なんてない。

「……ぷはっ……」

どうにか水面に顔を出し、ようやく空気を吸い込んだのもつかの間、ホクトのタックルを受けて波を被る。

無理だって！　大きさ考えろ！　タイマン張って遊べるサイズじゃないんだよ！

まるで水底に引き込まれるような勢いで沈んでいく。手足をばたつかせて浮上を試みようとも、動き回るホクトが作り出す水の流れに抗えない。

途中でウレタンブロックにぶつかり、なけなしの空気が泡となって口から溢れ出た。

……さ、酸素っ……。

パニックになって無駄に暴れていたせいか、スタミナが一気に切れて動けなくなった。まさかこのまま死んでしまうのだろうかと、ふと頭を過ったけれど、どうにもならない。

そのとき、下からものすごい勢いで身体を押された。

ホクト……？

あっという間に水面に押し上げられ、慈英は激しく咳き込む。その間に強い腕の力で抱きかかえられて、プールサイドに横たえられた。

「ジェイ⁉　だいじょうぶか⁉　俺がわかる⁉」

ああ、ホクトだ……いつの間に人型に変わったんだ？　押し上げてくれたときは獣型だったよな？

そんなことを思いながらも、なにひとつ言葉にならず、横たわったまま咳き込み、荒い息を繰り返す。

「ごめん、俺、楽しくてつい……」

そうだよ、おまえのせいだよ。どうしてくれよう。

文句を言うつもりが、ぼんやりと目に映る特上のイケメンに、その頭に白くて丸い耳が生えていることに、どうしようもなく愛しさが込み上げてきた。

この際だ、これくらいしてもバチは当たるまいと、慈英はホクトの肩に腕を回して、唇を近づけた。

塩辛くて、柔らかくて——甘い。

ホクトが硬直している。まさか溺れかけていた人間から、こんなアクションを起こされるとは予想もしていなかったのだろう。それが慈英なのだから、驚きも倍増か。

せいぜい慌てろ。

愉快に思いながら、どこかせつない。複雑な感慨にふけりかけた慈英は、口の中に押し入ってきた熱い塊に目を見開いた。

「ん、んんっ⁉」

いや、それが舌だというのはわかるけれど、なぜ今、ホクトからそんなことをされるのか。

逃れようにも後頭部をしっかり摑まれ、背中も痛いほど抱かれていては、身動きすらままならない。

縦横無尽に口中を掻き回され、まるで貪られているようだ。必死で鼻から息をする慈英は、むせ返るような芳香を感じた。あれだけ水の中を泳ぎまくったのに、それでも消えない香水ってなんだろう。

その香りに惑わされ、昂らされ、気づけば慈英もホクトのキスに応えていた。

どのくらいの時間そうしていたのか、唇が離れたときには、慈英の呼吸は溺れた直後とほとんど変わらず、肩で息をしていた。目が回っていたのもあるけれど、改めてホクトの顔を見るのはなんだかとても気恥ずかしく、視線を逸らしていた。

「ずっとジェイが好きだった——」

「すみませーん、そろそろ——わっ、どうしたんですか⁉　びしょ濡れ⁉」

ホクトの言葉を確かめる間もなく、絶妙というか間が悪いというか、研究所の職員がやってきて、慈英たちを含むプールの惨状に驚く。

「落ちたんですか？　だいじょうぶ？」

「あ……ああ、平気です。すみません、お騒がせしちゃって」

「いえ、あ、じゃあ服乾かしておきますから、その間、シャワー浴びて休憩しててください。それと——ホッキョクグマくんに、よければデータを取らせてもらえたら——」

ちらりと視線を移した職員に、ホクトは愛想よく頷いた。

「いいですよ。じゃ、ちょっと行ってくるね」

慈英の返事も待たずに、ホクトは嬉々とした職員を伴ってプールを後にした。


あのキスはなんだったんだろう……。

昼食を終えてオフィスに戻ってきた慈英は、コーヒーメーカーをセットしながら、また思考の海に溺れ始めた。

ホクトを楽しませるために訪れた木更津で、慈英は思いがけずというかとうとうというか、自分の恋心を自覚した。それをホクトに打ち明けるつもりはなかったけれど、偶然巡ってきたチャンスに、キスくらいは記念にもらっておこうと唇を押しつけたところ、何十倍にして返された。途中から慈英ものめり込んでしまって、弾みや冗談では済まされない濃厚なキスの後、ホクトに告げられたのだ。

『ずっとジェイが好きだった――』

言葉の真意を問うどころか咀嚼する前に、間が悪いことに割り込みがあって、そのままあれよあれよという間にホクトと慈英は別行動になった。その後、支度を済ませて待っていると、ホッキョクグマ進化種のデータ取りがまだ終わりそうにないとかで、慈英は先に帰るようにと職員経由で言い渡されたのだ。

研究所としてはホクトの来訪は願ってもないことだろうし、せっかくのチャンスにいろいろ調べたい気持ちもわかる。その場で慈英は部外者だから居座る理由もないし、単身で世界を回るほど人間社会のルールを知っているホクトに、送り迎えが必要でもない。

一緒に帰ったところで、どんな顔をすればいいのかわからないくらい、まだ動揺していたのも事実だった。

だって、好きだって言われた……！　それに、あんなキス……。

ネオンの明かりに盛り上がって羽目を外し、想定外の展開になだれ込んでしまう可能性も充分に考えられるくらいだったのだ。少なくとも慈英は。

とにかくいったん落ち着こうと、この案件は持ち帰るつもりで、ひとり帰路に就いたのだが――。

それが一昨日のことで、慈英は昨日も休みだった。朝からソワソワしていたけれど、ホクトのほうからはなんの音沙汰もないので、昼前に意を決して部屋を訪れたところ、ノックに反応がなかった。何度か出直しても同様で、宿舎の管理人に問い合わせたら、外出しているという。

なんだそれは、と思いもしたが、ホクトも照れているのかもしれないと、珍しく前向きな思考で一日を乗り切った。

――が、朝を迎えたあたりから、どうもいけない。

いくらなんでも顔を見せないどころか声すら聞けないというのは、おかしくないだろうか。というか、ホクトは慈英に会いたくないのだろうか。慈英は顔が見たくてしかたがないというのに。

でも、俺のこと好きだって――。

何周目かの堂々巡りに、慈英ははたとカップをデスクに置いた。

好きだった、って言ったよな？　過去形⁉

なんてことに気づいてしまったんだと思いはしたが、もう遅い。

じゃあ、なにか？　過去のことだけど好きだったときもある相手からのアプローチだから、遠慮なくいただきました的な？

それも腹立たしいやら悲しいやらだが、それならいつ過去形になったのか。だいたいホクトは恋がしたいと嘯いていたけれど、恋とはなんぞやということがちゃんとわかっているのだろうか。

八つ当たり気味に思考が飛びまくっているのはわかっているが、再会してからこっち、ホクトには本当に振り回されっぱなしだ。いや、それも慈英が意識下ですでに恋をしていたから、勝手に翻弄されていたのだろうと、言われてしまえば反論できない。

慈英のほうは好きだとわかっても、ホクトの立場を慮って、告白も抑えようとしていたのだ。キスはついしてしまったが。

そういう相手を思いやる恋の在り方なんてものが、ホクトにはわかっているのか。本来が動物なだけに、ペアリングを恋と混同しているのではないだろうか。

デスクの上のスマートフォンが、メールの受信を告げた。

【会議室で緊急ミーティング。ホクトの件】

差出人が来栖なのも驚いたが、ホクトについてと聞いて、慈英はオフィスを飛び出した。

「来栖さん!?　また来てたんですか？」

会議室のドアを開けるなり来栖に出くわして、慈英はそう口走ってしまった。

「ご挨拶だな。いいだろ、いたって。今日は園長の代理。夜はすすき野で飲み会があるから、終わったらすぐ帰るよ」

室内には来栖の他に、ポーラ担当の牧野と当のホクトがソファに座っていた。

「さてと、じゃあ始めようか」

来栖に促されてホクトの隣に座った慈英は、ちらりとその横顔を見た。この場所でこの面子なので、ホクトは耳を露出している。キラキラの金髪と青い瞳が、見惚れるほど美しい。

加えて超ポーカーフェイスだな、おい。澄ました顔しやがって。

それにしても、なんの話だろう。誰が音頭を取ってのミーティングなのかも、慈英は知らない。

「ポーラとペアリングすることにした」

最初に口を開いたのはホクトで、慈英は目を瞠る。

「マジか！　やった！　嬉しいよ、ホクト。最初にポーラを選んでくれて」

牧野は拳を握りしめて、喜色満面だ。

あ……そういうことか……。

そもそもホクトが武蔵野動物園を訪れたのは、ペアリングの相手を探してのことだった。慈英も承知で、ホクトにポーラを勧めていたのではなかったか。

ホクトが進化種としての務めを果たそうとしているなら、コーディネーターとして喜ぶべきなのだろうが、正直なところ慈英の心中は複雑だ。

「あ、いや、最初っていうか、ここにいたいんだ。ポーラに婿入りっていうか」

……なに⁉

慈英と牧野は思わずホクトを凝視した。こういうときでも余裕の来栖が、おっとりと尋ねる。

「それは、ポーラ専属ってことかな？　夫婦みたいな？」

「そう思ってくれていい」

頷くホクトを、慈英はただ見つめるだけだったが、牧野は戸惑ったように片手を挙げた。

「え……？　いやでも、せっかくの進化種なんだし、こう協力的なんだし、それなら各所を巡回してもらったほうが——ねえ、来栖さん」

助言を求めるように隣を見る牧野に、来栖は肩を竦めた。

「ホクトがポーラを気に入ったって言うなら、それを尊重すべきじゃない？　ていうか、これに関しては進化種次第だからね。いや、ポーラもか。彼女が同意してくれれば問題はない」

「それならだいじょうぶ」

すかさずホクトは答えた。

「もう陥落済みか？　おー、さすがは進化種だね」

なんだと？　いつの間にポーラを見初めたんだよ？　いや、たしかに勧めたし、毎日園内をうろついてたのは知ってるけどさ。

それにしても婿入り発言には驚いた。つまり、ポーラ以外とはペアにならないと宣言したわけで、それは——。

恋、ってことか……。

好きな相手がひとりいればいいと、以前ホクトは言っていた。それがポーラということだ。

本来ならホクトの意思表明を喜んで、応援するところなのだろう。慈英の立場としては。

しかしあいにく今の慈英は、とてもではないけれどコーディネーターの視点に立てない。ともすれば、じゃあ俺は？　と訊きたくなる。さすがにそれは自制しているが、そもそも紛らわしいことをするなと言いたい。

手繋ぎとかキスとか……。

思い返して、慈英ははっとした。慈英を惑わせて翻弄して、恋に気づかせて——まさかそこまでが仕返しだったのだろうか。

いくらなんでも根に持ちすぎだろうと思うけれど、なにしろ相手は進化種だ、どんな思考回路だかわかったものではない。

「ジェイ？　どうした？　なんか顔色がよくないな」

「ああ、いいえ、お気になさらず……」

なんで来栖にジェイなんて呼ばれるんだと思いながらも、慈英はそれどころではなかった。

「そうだな。業務完了ってとこか」

なにが業務完了だよ。達成感なんて、全っ然ないんだけど！

むしろやり直したいと、そう強く思う。

やり直すって、なにを？　どこから？　どんなふうに？

自問の答えはすぐに返った。というか、脳裏に巨大スクリーンで蘇った。あのプールサイドでのキスからだ。あれだけじゃ足りない。いや、ホクトを誰にも渡したくない。

自分らしくもなく、よく言えば情熱的、身もふたもない言い方をすれば悪あがきに、慈英は呆然とした。

終業後、速攻で宿舎に戻った慈英は、その足で食堂に行って夕食を取り、自室に入るなりバスルームに行った。

本日の業務をすべて完了して、向かったのはホクトの部屋だ。昨日は何度も空振りをしたが、今夜はすぐにドアが開いた。

「ジェイ――」

「おじゃまします」

ホクトを押しのけるようにして室内に進む。この部屋に入るのは初めてだけど、かつてなく強い香水の匂いに眩暈(めまい)がした。とてもいい匂いだと思うのに、嗅いでいると動悸(どうき)が激しくなるということは、体質的に合わない香りなのだろうか。

そのせいか急速に勢いが削(そ)がれてよろめくと、すかさずホクトが手を伸ばして支えてくれた。

「だいじょうぶ?」

「あ、ありがと……ええと、話があるんだけど」

体調はフラフラだが、ホクトにすがりついている今、このまま押し倒してしまいたい衝動に駆られる。

いやいや、それはマズいだろ。人としてちゃんと気持ちを伝えるところから始めないと。なんで俺、こんなに即物的になってるんだ？　それもこれも、ホクトがポーラとペアになるなんて言うから……。

「……ジェイ、とにかくちょっと座って」

少々強めに肩を押され、ベッドに座らされた。たったそれだけのことで突き放されたような気がして、胃の辺りがざわざわする。

ホクトはといえば手が届かない距離に立ったまま、口元を手で覆って困ったように慈英を見下ろしている。きっと慈英を持て余しているのだと思ったら、ものすごく傷ついた感が襲われて、いっそ部屋を飛び出したくなったけれど、それは絶対に後悔する。

「提案がある。俺と恋をしよう」

本当はもっとあからさまにというか、ポーラより自分を好きになってほしいと言いたかったし、それが本音だった。しかし進化種であるホクトの意思を曲げるのは、自分たちにはできないことなので、慈英的には最大限の譲歩をしたつもりだった。ポーラとの関係を止めはしないけれど、慈英のことも見てほしい。

「……なに言ってるの？」

……たしかに。

先ほど結婚発表した相手に、浮気を唆しているようなものか。それも、好きな相手がひとりいればいいと言っていたホクトに対して。

慈英は頭を抱えた。

ああ、でも俺だってホクトが好きなんだよ。諦められないんだよ。どうでもいいけどこの部屋、すっごくいい匂いがして、思考のじゃまなんだけど！

ベッドの隣が沈んだ。肩に手を置かれ、おずおずと顔を上げる。無駄にイケメンの顔が、これでもかという威力で、慈英の胸を揺さぶった。

「進化種なんだから、俺だって対象になるだろ？」

どうにかそう言うと、金色の眉が寄る。

「ミーティングで話は済んだと思ったけど。プランの変更があった？」

むせ返るような匂いと、決死の告白という極限状況に、慈英は極端に我慢がきかなくなっていた。

「仕事の話じゃない！　俺は！　おまえと！　恋がしたい！」

青い目を丸くしたホクトに、慈英はさらに言い募った。

「なんだよ？　おかしいか？　ホクトだって恋がしたいって言ってただろ。まあ、その相手がポーラなんだろうけど……それでもいいよ。いや、ほんとはよくないけど。俺だけにしてほしいけど、気持ちなんてどうにかなるもんじゃないし、だからせめてチャンスくらい——最初は恋愛ごっこでもいいよ。本気になってもらえるように頑張るから――」

ああ、なに言い出すんだ俺……無理強いはしないって決めてたのに、すごい自分勝手な言い分じゃないか……。

「ごめん、勝手なこと言って。でも、これが本心なんだよ。誰にもホクトを渡したくない。だって、俺……もうホクトに恋してるから――」

突然強く抱きしめられた。ホクトの腕に閉じ込められて、いい匂いが肺いっぱいに満たされる。それが血流に乗って、全身に広がっていく。

うわ、もう……サイコー……。

これほど気持ちがいい思いをしたことがあるだろうか。もはや官能だ。

「俺はもうとっくにジェイに恋してるよ」

うん、そうか。それはよかっ――。

慈英はホクトを押し返すようにして顔を上げた。それ自体が発光しているかのように、イケメンがキラキラした表情で見返している。

「……今、なんて……?」

「ずっと好きだった。再会前から――いや、たぶんチャーチルで会ったときから」

「なにそれ？　なにそれ⁉　あのときは子どもだろ？」

ホクトは指先で金髪を搔き上げた。しぐさがいちいちカッコいい。以前よりもそう思うのは、気持ちを伝えた分、素直になったからだろうか。

「うん、好きの中身は変わっていったんだろうけど、ジェイがいちばんなのは同じだよ。ていうか、ジェイ以外考えられない」

慈英は思わず胸を押さえた。決死の覚悟で告白して、とりあえず第二夫人でもいい、なんなら末席を汚すお手付きの侍女でも甘んじるくらいの気でいたのに、ハーレムの王だと思っていた進化種は、慈英を唯一無二と言ってくれた。

……こ、こんな展開、予想外なんだけど――。

歓喜に浸りそうになった慈英は、再びはっとした。顔を近づけてキスしようとしているホクトを押し返す。

「ちょっと待った！　ポーラは？　ペアリングするって言ったじゃないか！　ミーティングまでして」

「なんでここで仕事モードに入るかなー」

「仕事だけじゃない。プライベートにも大きく関わってくるんだって。第一、決めちゃったじゃないか。俺を好きだって言うなら、なんで――」

このままではキスに持ち込めないと諦めたのか、ホクトはベッドに寝転がった。

「ポーラが武蔵野動物園のホッキョクグマだから」

「は？」

肘を引っ張られて、慈英もベッドに倒される。ホクトは身体ごと慈英に向き直った。

「ここに定着すれば、ジェイのそばにいられるだろ」

「そんな理由?」

「そう言うけどね、単身行動が認められて、やっと会えたんだよ? もう離れたくないと思ったっておかしくないだろ。それともジェイは、離れ離れでも平気なわけ?」

「いや……それは嫌だ、けど……」

聞いているうちにホクトの想いがどんどん伝わってきて、それに応えるように自分の気持ちも高まっていくのを感じた。この恋は一方通行ではなかった。

「だからまあ、ポーラには特になんの感情もない。単なる手段というか……向こうも俺に興味なさそうだったけど」

「だいじょうぶって言ってたじゃないか。だから俺、もうふたりは相思相愛なんだと思って」

「ここにとどまるためならペアになってみせるという、意気込みみたいなもんだな」

なんと、ここに来て動物本来のドライさを見せつけられた気がして、慈英は絶句した。

「あ、誤解するなよ? ポーラと番(つが)ったとしても、心はジェイにしかないから。それこそ仕事のつもりで、あとはひたすらジェイを振り向かせるためにここにいるつもりだった。でも、その必要もないんだよな?」

抱き寄せられて、慈英は甘い匂いに息をつく。

「これ……フェロモンだったんだな」

「香水かって言ってたな」

頭に押しつけられたホクトの喉元から、笑いが伝ってきた。

「知識としては知ってたけど、実際に嗅いだことないんだから、わかるはずないだろ」

「ジェイもいい匂いがしてたけどね」

「ええっ、マジか……」

自分が気づいていない匂いを発しているというのは、それが悪臭でなくても、なんだかとても恥ずかしい。

「だから、嫌われてはいないんだろうと思ってたけど、やっぱりちゃんと自覚してほしかったから、いろいろモーションをかけてみた。どんなのがタイプなのかわからなくて、試行錯誤だったな」

「あ、もしかして最初のあれ！　妙にブリブリしてたのもそうか？」

「ガキのときから一気に五年だからね。過去を思い出してもらおうと」

ホクトは得意げだが、慈英は吹き出してしまった。まったく容姿に合っていない言動だったし、それをよしとしていたホクトもおかしい。しかし言われてみれば、たしかにその後はふつうだった、比較的。

髪の匂いを嗅がれる感覚に、慈英は身じろいだ。

「あからさまに嗅ぐな」

「やっと心置きなく嗅げるのに。今までは我を失ったらまずいと思って、必死に自制してたんだよ」

そんなことがあったのだろうか。自分のことで精一杯で気づかなかった。しかし慈英が感じているのと同じなら相当な威力で、ホクトの自制心も捨てたものではない。

「だって、ジェイと恋愛したかったから」

視線を合わせた顔が近づき、どちらからともなく唇を合わせる。キスだけじゃ足りないと思って押しかけたけれど、まさかここまでの展開が待っていたなんて。

嬉しすぎる……。

思いきり抱き合って、キスを交わす。なんの迷いもない分、身体の感覚が研ぎ澄まされて、わずかな舌の動きにも過剰に反応してしまう。

背中を這っていたホクトの指が、Tシャツとルームパンツの隙間から忍び込んできて、背骨を撫で上げられた。

「んっ……あ……」

仰け反って唇を離したタイミングで、ホクトは慈英のTシャツを頭から引き抜いた。素肌を晒した慈英を、ホクトは覆いかぶさる体勢でまじまじと凝視している。きれいな青い瞳に自分の身体が映されているのかと、視線に触感があるような気がして、ぞわぞわする。

「そんな……見るなよ。おまえと違って貧相なんだから」

「見るに決まってるだろ。ずっと見たかったんだから。それに……想像以上にきれいだ」

「想像してたのかよ——あっ……」

胸元に顔を伏せてきたホクトは、唇で乳首に触れた。わずかな刺激に、そこがきゅうっと硬く尖る。さらに唇で撫でられ、痛いほど疼く。

「ちょっ、ホクト——あっ……」

舌で舐め上げられ、慈英はホクトの髪を摑んだ。柔らかな金髪の中で、ふわふわの耳に触れる。思わず撫で回したくなる、というか実際に撫でていた。

マジか……ほんとにホクトとこんなことしてるんだな……。

あの幼かったホクトを思い出してしまうと、ちょっと不謹慎な思いが過ったりするけれど、たった五年で立派に適齢期なのだから問題あるまい。なにしろペアリング相手探しと称して旅をしていたくらいだ。

そんなことを考えている間もずっと胸を舌と指で弄られ続け、慈英は喘ぎながらホクトを押し返した。これ以上続いたら、どうにかなってしまう。

「……もっ、いつまでやってるんだよ。まさか続きがわからないわけじゃないだろうな?」

慈英は自分の言葉にはっとした。

「そういえば牧野さんが、最初にポーラを選んでくれたとかなんとか言ってなかったか? それって——」

DT（ドーテイ）……？

視線を合わせたホクトは、事もなげに言い返す。

「ジェイ以外とする気なかったし」

いろんな意味で胸を撃ち抜かれた。言葉そのものはとても嬉しかったし、よく今まで手つかずでいられたなとか、それでも当初の計画どおりなら、まずポーラを相手にしていたんだろうとか、我慢も諦めもせずに部屋に乗り込んで本当によかったとか。

「ずっとこうしたかったんだ」

ホクトは慈英の胸に頬を押し当てて呟いた。

「ようやく念願が叶うんだから、じっくりゆっくり味わいたいじゃないか。それと、心配しなくたって、エッチなんて本能でわかってるよ」

「そ、そうか……ちなみに俺が男だってのも、ちゃんと了承済みなんだよな？　今さらだけど」

暗に同性同士で事に及ぶのだと伝えたつもりだったが、ホクトはくすりと笑った。

「当然だろ。これは男の反応だよな？」

するりと伸びた指先に、ルームパンツの上から股間をまさぐられた。薄く柔らかな生地は、ごまかしようがない状態を、きっとホクトに伝えている。

「うっ……そ、それは……」

「よかった。ジェイが気持ちよくなってくれてて」

つつ、と移動した指は、着衣の中に忍び込んできて、直に握られた。

「ちょ、ちょっと待った！」

覚悟できていなかったのは、慈英のほうかもしれない。これまではふつうにリードする側だったから、一方的に愛撫されるのは初めてなのだ。それもあって、胸を弄られたくらいで翻弄されまくってしまった。

それなら自分も行動を起こすに限ると、慈英はホクトの下肢に手を伸ばした。ホクトも自室でくつろいでいたから、Tシャツにハーフパンツというラフな格好だ。そして指先に触れたのは、かなり立派な代物だった。まず、明らかに勃起していることに胸が騒ぎ、同時にその質量に羨望を通り越して怯む。

いや、怖気づいてる場合じゃない。それでも好きなんだよ。欲しいんだよ。

「あっ、ちょっ……ジェイっ……」

腰を引いたホクトから手を離さず、慈英は指を動かす。さらに硬くなって脈動が感じられると、ハーフパンツの中に手を入れて、握り扱いた。

「すげ……ガチガチ」

決して揶揄っているわけではなく、自分がホクトを昂らせているのだと思うと、嬉しくて誇らしいような。

ホクトは青い目を眇（すが）めて、悩ましげに慈英を見た。

「ジェイが……触るからだろっ……」

仕返しのように煽られ、動きの激しさに着衣が脱げ落ちていく。息が上がって、見つめ合うとさらに苦しい。それなのに、互いに引き寄せられるようにキスを交わした。

ほぼ同時に果てて、慈英は肩で息をしながらシーツに頭を落とした。

「ジェイ、Tシャツ脱がせて」

なんだよ、甘えてんな。

そう思いながらも悪い気はしなくて、ホクトのTシャツを引き上げると、先に抜けたほうの手が慈英の下肢に伸びた。

「おい、少し休んで——あっ……」

ホクトの指は、今しがた吐精したものよりもさらに奥に伸びた。窄まりをまさぐられる感触に、慈英は腰を揺らす。

いや、わかってるけど、いきなり……。

だいたい準備もなしでだいじょうぶなのだろうか。いや、これが準備に相当するのか。それでもアレが入るのだろうか、と混乱していると、思いのほかにあっさりと指が押し入ってきた。ぬるっ、と。

な……なんか気持ちいい……。

指だからということもあるのか、ダメージらしきものが感じられず、むしろ快感といっていいだけなので、抵抗感が消えていく。

「乳首勃ってる」

「だって……あっ、なんか……いい……」

「ほんと？　よかった。じゃあ、ここは？」

一点を掠めた指に、慈英は腰を跳ねさせた。剝き出しの神経に触れたような、それがめちゃくちゃ気持ちがいいような。いや、ような、ではなく、いい。

「やっ、だめっ……そこっ……」

ふいにホクトが身を起こし、慈英の膝裏を押し上げた。腰が浮き上がり、完勃ちの己のものが目に飛び込んできた。

さっきいったばかりなのに、これ？

脈打つたびに、鈴口から蜜が溢れている。しかし視界にホクトの顔が入ってきて、それどころではなくなった。

「……なに、その距離感！　なにする気——」

まさかと思いつつも予想どおりに、ホクトは慈英の後孔に舌を伸ばした。舐め啜られて、快感の強さに喘ぎが止まらない。舌が押し入ってくるに至って、思考も身体も限界を感じた。

「やだ、いく……マジでいくから——あっ……」

ホクトが顔を上げ、慈英は放り出されたようなせつなさに身悶えた。ホクトは慈英の両脚を引き寄せ、自分も腰を進めてくる。綻びきったそこに、熱い塊が押しつけられた。

「うん、俺も一緒にいきたい――」

なにか答える間もなく、重苦しいほどの圧迫感が迫ってきた。それでも慈英の身体は、当然のようにホクトを受け入れていく。結ばれるとか一体感とか、そんな言葉を身をもって味わい、最上の幸せを感じた。

ホクトの動きが止まり、ぎゅっとハグされて、慈英は目を開く。

「……入るもんだな」

「ジェイがすごく濡れてたからね」

ああ、やっぱりそうだったのか……。

ありえない身体の反応も、結ばれるべくして結ばれた相手との行為だからなのだと思えば、恥ずかしいよりもやはり嬉しい。ちゃんと自分はホクトの伴侶として認められた気がする。

中のものがわずかに擦れて、慈英は仰け反った。

「やっ、……すごっ……ちょっと待って」

「無理。もう我慢できない。ジェイの中、すごく気持ちいい」

白状したことで了承も取ったつもりなのか、ホクトは腰を使い始めた。瞬時に慈英はこらえようもなく、嬌声(きょうせい)を上げる。

抜き差しのたびに肌が粟立(あわだ)つようで、もしかしたらホクトのものが擦れているところまでそう

なっているのではないかと思うくらいだ。

「ジェイ……もう少し、緩めて……」

「無理言うなっ……自分ではなにも——あっ、してるつもり……ないっ……」

のっけからフルスロットル状態で、先を争うように絶頂へひた走った。それが相手を引っ張ることにもなったのだろうか、とにかく慈英は呆気ないほどすぐに達してしまった。初体験だというのに。

それを確認したホクトも絶頂を迎えそうになったようだが、

「ええー、もったいない！　まだ終わりたくない！」

と騒いだので、慈英は思わず笑ってしまった。その振動で、ホクトはあえなく射精してしまったらしい。しかし肩で息をしながらも、緩慢に動き続ける。

「ちょっとホクト——」

「もっと」

抜かずの続行か！　俺の体力も考えてくれ！

そう思ったけれど、ホクトから送り込まれる刺激を受けるうちに、慈英もいつしかしがみついて動きを合わせていた。

「婿入りの件だけど――」

夏の夜明けは早く、カーテン越しに外が白み始めたころ、ようやく慈英は解放されて、ベッドの上で伸びていた。油断したら意識を手放しそうだけれど、これだけははっきりしておかなくてはいけない。

「なになに、婿にしてくれるの？　夫として合格した？」

身を乗り出したホクトの額を、慈英は軽く小突いた。

「結婚は無理だろ。少なくとも今は。なんでもかんでも急ぎすぎだよ、ホクトは」

「そっか、まずはホッキョクグマとして生きないとな。リタイアしてから、同性婚できるとこでしようか。ねえねえ、結婚式とかもしちゃう？」

浮かれるホクトに苦笑するしかない。

「それはそのときに考える。まず考えなきゃならないのは、ポーラとのペアリングだよ。婿入り宣言しただろ」

「え、するわけないじゃん。あれは手段だったんだから。もうその必要もないし」

あっさりと撤回する気満々で、それに対してなんの呵責（かしゃく）もないらしいところが、進化種だなあと思う。

「そういうわけにはいかないんだって」

「え、じゃあなに？　ジェイは俺がポーラとペアリングしても平気なわけ？」

「そ、それは――」

「案外気に入られて、片時も放してくれなくなっちゃったりしてもいいんだ？」

そんな光景が目に浮かんで、慈英は思わず声を上げた。

「いいわけないだろ！　あ……腰に響く……」

ホクトの手が慈英の腰を撫でた。労りだとわかっているのだけれど、なんだか熾火に息を吹きかけられているようで焦る。もう体力の限界だとわかっているのに、触れられただけで疼いてしまうのも、伴侶だからなのだろうか。

「だいじょうぶ。ないよ、そんなこと。言っただろ？　ポーラは俺に興味ないから」

「誰もが惹きつけられる進化種なのに？」

「それ。なんか誤解してる」

ホクトは慈英の鼻先を指で突いた。

「進化種に対して、いい子孫が残せそうだと本能的に思う個体は多いみたいだけど、それでも相性っていうか、好みはあるんだよ」

「そ、そうなのか？」

誰彼かまわず引き寄せるのが、進化種の魅力というか能力かと思っていた。というか機関の職員でも、そう思っている者は多いだろう。

「まあ、それをあえて振り向かせることができるのも進化種だけど、必要ないからしない」

ホクトが慈英だけを選ぶと言ってくれたことで、慈英も覚悟ができた。文句は言われるかもしれないけれど、ちゃんと説明して謝ろう。

「わかった。明日——もう数時間後だな、牧野さんたちに伝えるよ」

「俺も行く。ふたりのことだからね」


その言葉にちょっとホクトを見直したものの、同伴出勤でオフィスに居座るのを見て、なんだかなと思う。単に一緒にいたいだけではないだろうか。それでも追い払う気にはなれないのだから、自分もホクトには甘い。

「あー、お腹空いた……」

ふだんは宿舎の食堂で朝食を取ってから出勤するのだが、今日はそれより一分でも長く寝ていたかったのだ。それなのに、今ごろになって後悔してしまう。

「はい、どうぞ」

備品のコーヒーメーカーで、ホクトがコーヒーを淹れてくれた。

「ありがとう。砂糖とミルクも入れようかな、腹の足しに」

慈英がそう言ってカップを取ろうとすると、そばに菓子の包みが置かれた。猫背気味になっていた背筋がぱっと伸びる。

「うわ、嬉しい！　あ、エンガディナー？　やった、カロリー取れそう」

さっそく口に運ぶと、サクサクのクッキー生地と濃厚なヌガー、ナッツの触感が楽しい。コーヒーにもよく合う。

「美味いよ、これ。ていうか、いつもなんか持ち歩いてるな。こないだも——」

そう言いかけて、噛み砕いたナッツの味に目を見開いた。松の実が入っている。目を向けると、ホクトが微笑んでいた。

「ジェイの好物だから、目に入るとつい買っちゃうんだよ」

五年前のなにげない言葉をずっと憶えてくれていたホクトに、今さらながら惚れ直してしまう。

ダイヤの婚約指輪も盛大な結婚式も興味はないけれど、松の実をくれるのは嬉しい。一応社会人として欲しいものは自分で手に入れるから、ホクトはこんなふうにほっこりすることをしてくれれば充分だ。

見つめ合いながら朝のひとときを過ごしていると、いきなりドアが勢いよく開いた。

「うわっ、……か、垣山(かきやま)先生……おはようございます。どうしたんですか？」

姿を現したのは、武蔵野動物園の獣医師で、主に進化種を担当する垣山だった。クールな面差しに眼鏡と白衣が似合うインテリだが、ズバズバと切り込む口調は容赦がない。

「体調は？」

慈英の言葉に対する返答はなにひとつなく、逆に質問される。それも最小限のフレーズなので、なにを訊かれているのかわからない。

「体調って……ホクト、もしかしてどこか悪い？」

慈英はホクトを振り返って訊いた。まったくそんな様子は見受けられなかったが、ホクトが垣山に相談をしていたのだとしたら心配だし、その前になぜ自分に言ってくれなかったのかとショックでもあった。

しかしホクトのほうはやや警戒の眼差しで、垣山を見ている。そういえば武蔵野動物園を訪れたホクトに対し、進化種の王子さま的扱いをしなかったのが唯一垣山で、軍隊めいた指示のもとに健康診断をしたと聞いている。

まあ垣山の場合、伴侶がカラカルの進化種なので、特別視することなどないのか。あるいは単に性格なのか。しかし家族サービスのときは人が変わったようになるらしく、オフで偶然見かけたスタッフは、「進化種よりも珍しいものを見た」と己の目を疑ったそうだ。

「クマじゃない。おまえのほうだ」

垣山の台詞に、「クマって！」と憤るホクトの横で、慈英は首を傾げた。

「俺……ですか？　いえ、べつに……」

もしかして先日、木更津のプールで溺れかけたことを言っているのだろうか。慈英は誰にも言っていないが、木更津の研究所から報告でもあったのか。

しかしそれらを確認する前に、垣山は勝手に納得したように、腕組みをして頷いた。

「ふん、てことは、単に疲労だけだな。進化種は伴侶に対する求愛行動が激しい傾向にある。甘やかすのもほどほどにしておけ。痛い目を見るのは人間のほうだ。しかもクマの体力だからな」

……は？　はあっ⁉　なに言ってんの、この人！

途中から慈英は汗が出てきて、壁のリモコンに駆け寄って、エアコンの温度設定を下げた。急に動いたので痛みを覚え、思わず腰に手をやる。

「湿布、いるか？」

垣山の言葉に、慈英は尻を隠すようにばっと振り返った。

「けっ、けっこうです！　ていうか、どうして知ってるんですか⁉」

無駄な抵抗だと、今さらとぼけるのはやめたが、なぜ垣山が知っていたのかは気になる。わざわざオフィスに来たということは、慈英とホクトの顔を見る前から、状況は承知していたということだろう。

それに対して、垣山は肩を竦めた。

「昨日、来栖さんが帰り際に俺のとこに来たんだよ。今夜、新カップルが誕生するだろうから、アフターケアを頼む、って」

慈英は驚きのあまり口が開いた。

……恐るべし、来栖未来……さすがは園長の甥。血は繋がってないのに。

だいたい来栖を交えてあの場で話したのは、ホクトがポーラに婿入りするということで、慈英はコーディネーターの立場で参加していたのに。

「ああ、それと来栖さんから伝言。牧野さんにはうまく伝えておくから気にしないように、だとさ。代わりにポーラの相手をしっかり選んでくれって」

「……手際がよすぎて言葉もありません……後で来栖さんに連絡します。牧野さんにもちゃんと話します」

「ま、いいんじゃないか。進化種の意思が最優先ってのは、機関の信念だしな」

垣山はソファに腰を下ろすと、慈英とホクトにも座れと指で示した。

「吉永はうちの職員だし、コーディネーターやってるくらいだから、今さらの話かもしれないが、一応説明しておく。進化種とヒトの間で妊娠した場合――」

「ちょっ、垣山先生！　気が早いです！　俺たちまだ昨夜、初めて――」

面と向かって話題にされて、慈英は慌てた。しかし垣山はじろりと眼鏡の奥の目を光らせる。

「初体験で妊娠はしないと？　よくそんなことが言えるな。よろよろするくらいやりまくったくせに。避妊だってしてないんだろ」

言葉のひとつひとつが礫（つぶて）のように降りかかって、慈英は顔を手で覆った。

「……すみません……続けてください……」

口調こそぶっきらぼうだったけれど、垣山が教えてくれたのは、自分たちが子どもを授かった場合に、事前に知っておいて損はない情報ばかりだった。

コーディネーターなんて仕事をしていても、あくまで第三者の立場だから、知らなかったことはいくつもあるのだ。たとえば昨夜受胎していたら、早ければ七か月後には生まれてくる。

七か月なんて、あっという間じゃん……。いや、あくまでできてたらだけど……。

そこで慈英はホクトを見た。

「ホクトは……そこまで考えてた？」

正直なところ慈英は、恋を成就することだけで精一杯で、その先まで頭が働いていなかった。ずっと男として生きてきたから、自分が妊娠するなんて想像が及ばなかったこともあるかもしれない。

「特に考えてなかった」

あっさり返されて、慈英は拍子抜けする。それはそれで過度な期待をされていなかったとほっとする反面、子どもは欲しくないのかと思ってしまう。

そういう慈英だって、今の今まで関心がなかったのだが、可能性があるならぜひともという気になってきている。

「そうなのか？　進化種なのに……」

「あのね、ジェイ――」

ホクトは身体ごと慈英に向き直った。

「俺は進化種である前に、ジェイを好きな俺なんだよ」

青い瞳で見つめられて、どきりとした。一晩中見ていたはずなのに、飽きることも見慣れることもなく、胸が騒ぐ。

「なによりジェイと幸せになりたい。その延長線上に子どもができるなら、それはそれで嬉しいと思う。けど、副産物っていうかおまけっていうかだな」

自分以外は目に入らないと言われたようで、慈英は嬉しくなった。両想いだと知ったばかりなのだ。今はふたりで気持ちを深め、高めていきたい。

「……そんなこと言って……そういう奴に限って、子煩悩なんだよ」

「ジェイが産んでくれるなら、そりゃあ可愛いよ」

できたてカップルなので、気づかないうちに距離が縮んでいく。それを阻止するように、垣山が声を上げた。

「あー、俺は帰るぞ！　ったく、勝手にやってろ」


その年の冬、慈英は再びチャーチル支所に勤務していた。

ホクトを野生のホッキョクグマが生息する地で暮らさせたいと、異動を願い出て、それが叶ったのだ。ここならいつでも獣型で好きなように動き回れるし、慈英も心置きなくモフモフを堪能できる。

一度、武蔵野動物園の宿舎の部屋で、ホクトに変化してもらったことがあるのだが、狭くて身動きが取れなかったし、ちょっと前肢をかけたベッドが軋みを上げて、フレームに亀裂が走った。そんな不自由をさせたくない。

異動の内示があってからホクトに伝えると、とても驚いていた。

「えっ、ずっとここで働くんじゃなかったのか⁉」

そうだと思っていたから、武蔵野動物園に居座る手段としてポーラに婿入りを決めたのに、それが実現していたら、自分だけ取り残される可能性もあったと知って、顔色を変えていた。慈英が各地を転々としていたのは知っているだろうに、妙なところで抜けている。

引き続きコーディネーターをしているが、業務に支障はない。ネット環境があれば場所は不問だし、実際に現地に赴くとしても、世界は狭いと思うくらいだ。慈英の意識が変わったのだろうか。遠く離れた者同士を結びつけられるなら、いくらでも動いて手伝いたい。

ポーラにはホクトがフィンランドの研究所で出会い、ホッキョクグマ同士として交流があった個体を推した。

「ニーロっていって、進化種じゃないけど迷子になってたのを機関に保護されて、研究所で育ったんだ。穏やかな性格だから、ポーラとも合うんじゃないかな」

ではお見合いさせてみようかとレンタルしたところ、たちまち意気投合した。数日前には牧野からメールが届いて、ポーラに妊娠の兆候が見られると嬉しい報告があった。

先越されちゃったな……。

そう思いながらも、慈英に焦る気持ちはまったくない。今はホクトとの暮らしを充実させていきたいし、ベビーを迎えるのにより適した環境になったときに、いつでもやってきてくれたらいい。

本格的な冬を迎えたチャーチルの地は、一面の銀世界だ。支所の敷地に植えられている針葉樹も、枝葉に積もった雪の重みでフォルムが変わっている。

「超寒い……ていうか、マジで凍る」

独り言の声もろくに出せないありさまだ。それでも外に出てきたのは——。

海岸沿いの白く霞(かす)んだ景色の中に、丸い影が浮かび上がった。距離が近づくにつれて、影はホッキョクグマの輪郭を取り始める。

ホクトは沿岸パトロールを買って出てくれて、これまでにも迷子になったアザラシの幼獣を保護したりしている。頼もしいスタッフだが、慈英はホクトがホッキョクグマの姿で大自然の中にいる光景を見るのが、なによりも好きだった。

「お疲れさま」

冬毛になったホクトは、ひと回り大きくなったように見える。身体に比して小さめの頭部についた丸い耳を撫でてやると、被毛が凍ってパリパリしていた。

「あー、寒かったよな」

少しでも溶かしたくて頭を抱き寄せると、ホクトに押し倒された。

「ちょっ、重い！　ていうか誰かが見たら、襲われてると思われるから！」

本気で体重をかけられているわけではないので、慈英は隙間から這い出して、支所の建物に向かう。後をついてきたホクトは、エントランス前で人型に転じた。真っ白なスノーウェアを身に着けたホクトは、ポケットを探る。

「お土産」

手渡されたのは、きれいな形をした松笠だった。

END

ホッキョクグマの南極ツアー
ANIDAN
Presented by Mari Asami with Ryou Mizukane

「新婚旅行、どこ行きたい？」

チャーチル支所での勤務が落ち着いたある日、慈英はホクトに訊いてみた。

厳密には結婚という形ではないし、いつからを結婚というのかと考えたら、ちょっと遅い気もする。そもそもホクトは、「ジェイがいるならどこでも」と答えると思っていたのだが――。

私室で並んでソファに座り、慈英の肩に頭を乗せていたホクトは、うーん、と唸った後で口を開いた。

「南極」

「南極⁉」

振り向いたとたんに頭が落ちて、ホクトは慈英の膝の上から恨めしげに見上げる。

「ひどい、ジェイ」

「あ、ごめん。いや、急に南極なんて言うから」

ホクトがそう言った理由は、ここからいちばん遠い場所だから、らしい。移動に時間がかかれば、それだけハネムーンが長くなると考えたようだ。ついでに暑い場所よりは涼しいところのほうがいいそうだけれど、涼しいという形容はどうなのか。夏でも平均零度だと聞いている。

ホッキョクグマが南極って……。

いちばんのツッコミどころはそれだったが、まあホクトが行きたいというなら、反対する理由もない。

南極大陸に近いサウスシェトランド諸島にも各国の観測基地があるが、なんと進化種保護研究機関はそこのアメリカ基地とパイプを持っていて、不定期に訪れては調査を行っている。そのツテで滞在させてもらうことも可能かもしれない。

「じゃあ、プラン立ててみようか」

と、張り切ったのもつかの間、ほどなく思いがけないサプライズが判明し、ハネムーン計画は一時中断となった。慈英が妊娠したのだ。


「ホクト！　銀のこと抱っこして！　銀も暴れない！　じっとしてて！」

南極半島にエンジン付きのゴムボートで上陸した慈英とホクト、そして彼らの息子の銀之丞は、果てしなく広がる氷の大地に見惚れた。

間もなく一歳を迎える銀之丞は、見た目は幼稚園児くらいで、会話もそつなくこなす。

「なんきょくについたね！」

寒さのせいか興奮しているのか、銀之丞の白い頬が上気している。

チャーチルで誕生したからか、慈英の血が入っているのだろうかと疑いたくなるような金髪碧眼だが、過日のホクトを彷彿とさせて、日々の成長が楽しみでしかたない。

ホクトはほとんど外見に変化はないけれど、銀之丞が生まれてから——いや、慈英の身体に宿っていると知ってから、驚くほど献身的で、今やどこに出しても恥ずかしくないイクメンだ。

そういう慈英も、親ばか夫ばかの自覚はある。ホクトと銀之丞が一緒にいると、いつまでも眺めていたくて、目尻が下がりっぱなしだ。

「二年越しでハネムーンが実現したな」

微笑むホクトに、慈英も笑顔で頷きを返した。

「うん。でも、これでよかったと思わない？　三人だともっと楽しい」

地面に下ろしてもらった銀之丞は、たちまち走り出した。

「銀！　ひとりで行ったら危ないよ！　手、繋いで！」

「パパ、はやくいこー！　ペンギンさんみるの！」

慈英とホクトは顔を見合わせて苦笑し、銀之丞の後を追った。

「コウテイペンギンより、ホッキョクグマが南極にいることのほうが珍しいんだけどな。自分のこと、わかってるんだろうか」

銀之丞が進化種だと判明したのは、生後三か月を過ぎたころだった。朝起きたら人間の乳児が横で寝ていて、慈英は悲鳴を上げた。それからはホッキョクグマの子育てと、人間の幼児教育と、まるで子どもが増えたようで、忙しいながらも充実した毎日だ。

「あっ、ペンギンさん！」

銀之丞の声に目を凝らすと、数羽のペンギンが佇んでいた。距離があって確かなことはいえないが、コウテイペンギンではないだろうか。

怖いもの知らずで駆け寄っていく銀之丞と、羽を上下させて迎え撃つ体勢のペンギンの距離が縮まっていく。

「ホクト、まずい！　あっちのほうが全然大きいよ！」

コウテイペンギンの体高は、百三十から百五十センチだ。

「ペンギンさーん！」

銀之丞は興奮状態で、見上げるようなコウテイペンギンを前に、両手を上げてはしゃいでいる。

そのとき——。

「あっ……！」

幼児は一転してホッキョクグマの幼獣に変わった。ペンギンの驚愕の叫びが、氷の大地に響き渡る。

目を瞠る慈英の視界を、巨大なホッキョクグマが横切った。

「ホクトまで……いや、行ってもらったほうがいいか」

ホクトが銀之丞のそばに行く間に、コウテイペンギンは一羽残らず逃げ去ってしまった。彼方を見つめてちょこんと腰を落とした仔グマの姿が、気の毒でもあるけれど可愛い。

ホクトは銀之丞を宥めている様子だったが、次第に親子でじゃれ合い始めた。

ああっ！　なんて可愛いんだ！　いや、すばらしい！

慈英は近づきながら、夢中で動画を撮った。氷と海と空しかない景色の中で戯れるホクトと銀之丞を、記録に残したいと常々思っていたのだが、あいにく地元には流氷しかない。人間の慈英にはハードルが高かった。しかしここでなら、至近距離の姿だって撮れる。

各国の基地から離れた場所で、辺りには慈英たちだけということもあって、初めて親子水入らずのレジャーを体験した。

ひょいと仔グマが振り返って、誘うように前肢を跳ね上げたのを見て、慈英も動画撮影を止めて駆け寄った。

「うわっ、ちょっ、待って、銀！」

銀之丞は後肢で立ち上って慈英に向かってくるが、最近ついに体重を抜かれたし、体力のポテンシャルは計り知れない。

銀之丞の突進をかろうじて躱した慈英は、巨大なモフモフに全身を包み込まれた。ホクトにキャッチされたのだ。

特大のビーズクッションに背中から埋まったような体勢で目を上げると、イケメンのホッキョクグマと視線が合った。そこに銀之丞がダイブしてきたが、ホクトの身体が衝撃を吸収してくれる。

「……うわー……幸せってこういうことだな……」

気温は氷点下だが、夫と息子にサンドイッチされてぬくぬくだ。しかし、身体以上に心が温かい。

幸せを噛みしめていると、にわかに風が吹き始め、空が薄暗くなってきた。風速が強まるにつれて雪が降り出す。気候は安定しているように思えたが、一年を通してブリザードが起こるのが南極だ。

すっくと身を起こしたホクトは、自分の身を盾にするように風上に位置を取って、慈英と銀之丞を促すように歩き出した。すでに目も開けられないような吹雪で、念のために装備していたゴーグルを装着しても、なにも見えない。

小さく唸ったホクトが、ジャンプ台のようになった岩陰の前で振り返った。ここでしのごうというのだろう。

慈英と銀之丞が奥に潜り込むと、ホクトは壁を作るように外側に背を向けた。ホクトにしがみついた慈英の背中に、銀之丞が張りつく。人の身に過ぎない慈英を、どちらも気づかってくれているのだろう。

ほぼ身ひとつでブリザードに遭遇しても、慈英はまったく不安を感じなかった。もちろん銀之丞になにかあれば、親として手を尽くす覚悟はあるけれど、その前にホクトが銀之丞だけでなく慈英まで守ってくれるだろう。

始まったときと同じように、吹雪は小一時間でぴたりと収まり、空は再び目に染みるほどの青さを取り戻した。

岩陰から出て身体を伸ばしていると、ホクトと銀之丞も人型に転じて、思い思いに両手を上げて伸びをした。

「ゆき、いっぱいでたね！　ふわふわー」

グローブをはめていても小さな両手が雪をすくい上げ、宙に撒き散らす。陽光が当たってキラキラして、まるでホッキョクグマの被毛のようだと慈英は思った。

「ありがと。助かった」

「えっ、なにが？」

とぼけているのではない。ホクトにとっては当たり前の行動だったのだ。それが嬉しくて、慈英はホクトの頬に唇を押し当てた。

「ジェイ、もっとちゃんと――」

ホクトが両手を広げたとき、スノーモービルのエンジン音が聞こえてきて、銀之丞がはしゃぐ。

「ゆきのくるまー！」

ボートを操縦してくれた職員は基地で待機していたので、心配して探しに来てくれたのだろう。

「だいじょうぶでしたか？　いやあ、突然の大風でしたね」

大風……南極ではその程度なんだな。

「ご心配ありがとうございます。そこの岩陰でしのいでました」

気温のわりに軽装の職員は、雪焼けした頬を綻ばせて、スノーモービルを振り返った。

「お子さん連れなのが気がかりだったんですが……元気そうですね」

銀之丞はスノーモービルに興味津々で、今にも乗り込みそうだ。慈英は近づいて銀之丞を抱き上げる。

「ええ、俺よりもずっとしっかりしてます。それに優しいんですよ、父親に似て」

それを聞くと、ホクトと銀之丞は慈英の頬に左右からキスをした。

END

こんにちは、浅見茉莉です。この本をお手に取ってくださり、ありがとうございます。

あにだん第7弾の一本目は、かねてより検討していたバーバリライオンです。一度は絶滅したと思われていましたが、モロッコの王さまがプライベートで純血種を飼育し続けていたと判明しました。それでも世界中に数十頭という少なさです。繁殖の取り組み、ぜひ頑張って続けてほしいですね。

そんな情報を参考に、舞台をアラブに移してみました。実はこれまでアラブものを書いたことがなかったので、ちょっとだけ雰囲気を入れてみたくて。

ちょっとだけなので、受は日本人のバックパッカーです。これはたまたまドキュメンタリー番組を見たから。その彼はロバを連れていましたが、ライオンと遭遇させるのは可哀想なので、ＭＴＢで旅をしてもらうことにしました。

ライオン攻のお相手ということで、受も頑丈そうな男前カップルのイメ

あとがき

ージです。

　二本目も何度か候補に挙がっていたホッキョクグマです。スタート時から園長をホッキョクグマと関連づけてしまったので、園長を進化種にして若き日のエピソード、なんてことも考えていましたが、それは置いておいて新たなカップルを作りました。

　今回初めてコーディネーターという職種を出しましたが、作中で受も言っているように進化種の御用聞きと化していますね。でも実際は大変な仕事だと思うので、きっとデキる男なはず…。

　執筆に当たり、恋する過程をしっかり描写するのを目標としました。相手の言動に対する反応を意識して書いたつもりですが、なんだかどちらのカップルも純情というか初々しいというか、可愛らしいコイバナになった気がします。プールの白雪姫のくだりと砂浜を歩くシーンが、個人的にお気に入りです。

　みずかねりょう先生には、毎回新規の動物が登場してご面倒をおかけしているのですが、今回もカッコカワイイ動物たちとイケメンを描いていただきました。ペンギンまで…ありがとうございます！

担当さんを始めとして、制作に携わってくださった方々にもお礼申し上げます。

お読みくださった皆さんもありがとうございました。楽しんでいただければ嬉しいです。

それではまた、次の作品でお会いできますように。

CROSS NOVELSをお買い上げいただき
ありがとうございます。
この本を読んだご意見・ご感想をお寄せください。
〒110-8625
東京都台東区東上野2-8-7　笠倉出版社
CROSS NOVELS 編集部
「浅見茉莉先生」係／「みずかねりょう先生」係

CROSS NOVELS

あにだん ライオン王のハピービー

著者
浅見茉莉

2021年11月23日　初版発行　検印廃止

発行者　笠倉伸夫
発行所　株式会社　笠倉出版社
〒110-8625　東京都台東区東上野2-8-7　笠倉ビル
[営業]TEL　0120-984-164
FAX　03-4355-1109
[編集]TEL　03-4355-1103
FAX　03-5846-3493
http://www.kasakura.co.jp/
振替口座　00130-9-75686
印刷　株式会社　光邦
装丁　磯部亜希
ISBN　978-4-7730-6314-1
Printed in Japan